AF320995

rouve auſſi à Paris dans la même Boutique la Tragedie
I P E par le même Auteur.

THEMISTOCLE,

TRAGÉDIE.

Par L. P. F. J.

Imprimé à Lyon, & se vend

A PARIS,

Chez JOSSE, Fils, ruë Saint Jacques, à la fleur de Lys d'or.

M. DCC. XXIX.

AVEC APPROBATION ET PRIVILEGE DU ROY.

A

MONSEIGNEUR

LE DUC DE RETZ,

PAIR DE FRANCE.

O Toy, qui connoiſſant les vertus de ton
  Prince,
Fais de la vérité l'art de plaire à la Cour,
Je t'adreſſe mes vers : ils ſont nés en province;
Mais alors ſur nos bords Tu faiſois ton ſéjour,

Le gout du Beau,ce gout plus sûr que la Sience,

Les Graces de la Cour avoient suivi tes pas;

Et des vertus encor , qu'elle ne donne pas,

Et qu'on voit rarement jointes à la Puissance,

La douce Humanité,les Sentimens, les Mœurs,

Et cette aimable Complaisance,

Art magique des Grands pour ravir tous les
cœurs.

❖ ❖

D'un accueil favorable honore mon ouvrage :

Je l'offre à tes vertus,non au rang que tu tiens.

C'est de Toy même , c'est des Tiens

La noble & la fidéle image.

Miltia-
de le jeune, J'y peins le jeune fils * d'un guerrier , dont le
fils du
grand Mil- nom
tiade.

Fut gravé par la gloire aux champs de Marathon.

Je le peins généreux, guidé par la droiture ,

* *Xerxés* Et justement chéri d'un * Prince glorieux.

Quand je faisois cette peinture,

Mon génie échaufé t'avoit devant les yeux.

❖❖

Mais le Héros fur-tout, que d'une main divine,

Dans ce dramatique portrait,

J'aurois voulu pouvoir exprimer trait pour trait,

C'eſt le * Vainqueur de Salamine.

> * Thémi-
> ſtocle.

Quel païs eut jamais un pareil citoyen ?

Pour ſa fiére patrie enflammé d'un beau zéle,

Il en fut le ferme ſoutien,

Toûjours grand, & toûjours fidéle.

Si j'ai peint foiblement une vertu ſi belle,

L'art de peindre eſt du ciel le plus précieux don:

Je ne manquois pas de modéle ;

J'en avois un dans ta Maiſon.

F. J.

ACTEURS,

THE'MISTOCLE, *Général des Athé-niens.*

XERXE'S, *Roi de Perse.*

MILTIADE, *dit le jeune, fils du grand Miltiade & Favori de Xerxés.*

ARISTIDE, *dit le juste, Ambassadeur d'A-thénes.*

PARMENIS, *Ambassadeur de Sparte.*

ARTABAN, *Ministre du Roy de Perse.*

ROXANE, *Fille de Xerxés.*

THE'MIRE..... *suivante de Roxane.*

HYDASPE, *Officier d'Artaban.*

La Scéne est à Suze, capitale de la Perse, dans le Palais de Xerxés.

THEMISTOCLE,

TRAGEDIE.

ACTE PREMIER.

SCENE PREMIERE.

MILTIADE, *suite d'Officiers.*

Ue l'on me laisse seul: & qu'on fasse venir
Ce Grec, qui sans témoin cherche à m'entretenir.....
Est-ce un de ces Bannis, que leur fiére patrie
Punit de leurs vertus, dès qu'elle s'en défie ?
Chaque jour à mes pieds ils viennent implorer
L'appui, que ma faveur leur permet d'espérer.

A

Fils du plus grand des Grecs, leur malheur m'intéresse.
Mais , tout prêt à lancer la foudre sur la Grece ,
Le Roi peut s'allarmer . . . .

✣✣✣✣✣✣✣✣✣✣✣✣✣✣✣✣✣✣✣✣✣✣✣✣✣✣✣✣✣

SCENE DEUXIÉME.

MILTIADE, THEMISTOCLE.

MILTIADE.

Approchez , Etranger.
Vous pouvez , en ces lieux , me parler sans danger.
Des Satrapes altiers l'importune cohorte
De ce Palais encor n'assiége point la porte :
Le jour à peine luit. J'ai sçû qu'en cette Cour ,
Arrivé sans témoins, & fuïant le grand jour ,
En secret vainement vous cherchiez ma présence.
Plaignez de la Faveur la triste dépendance :
Je ne vis plus pour moi. Qu'avec ardeur j'attens
D'apprendre de nos Grecs les succès éclatans !

THÉMISTOCLE.

Un Grec persécuté , mais peu digne de l'être,
Devant l'ami des Grecs ne craint point de paroître.
Si , comme on le publie en Perse & parmi nous,
L'infortune est un droit pour approcher de vous ,
Jamais... jamais mortel, grace au Sort qui m'opprime,
N'eut à ce privilége un droit plus légitime

MILTIADE.

Dans nos Grecs opprimez, malheureux Inconnu,
Je me fais un devoir d'honorer la vertu,
Il est vrai. Ma faveur, sans ce doux avantage,
Feroit peut-être ici murmurer mon courage ;
Quoiqu'au Roi que je sers, tout Roi céde aujourd'hui,
Le fils de Miltiade est un peu trop pour lui.
Dans ces climats lointains conduit dès mon enfance,
Je n'ai point oublié mon nom, ni ma naissance.
En protégeant les Grecs, en plaignant leurs ennuis,
Je rends digne de moi le haut rang où je suis.

THÉMISTOCLE.

A ces nobles discours, où brille la sagesse,
Je reconnois le fils du vengeur de la Grece :
Je crois le voir encor, quand jadis sur ses pas
Aux champs de Marathon il menoit nos soldats.
Mais j'admire sur tout ce zéle magnanime,
Qui sauve ici les Grecs, que l'injustice opprimé :
Jeune, à peine autrefois les avez-vous connus.
Puis-je vous rappeller des malheurs que j'ai vûs ?
Au retour de la Thrace, en vôtre premier âge,
Sur les flots inconstans soulevez par l'orage,
Vous suiviez vôtre pére, en Grece rappellé :
Quand tout à coup des vents le courroux redoublé
Vous ravit au héros, qui vous donna la vie,
Et vous porte au milieu de la flotte ennemie.

Ainſi , dès vôtre enfance à la Grece arraché ,
Vous futes dans la Perſe à la Cour attaché.
Cependant vôtre pére , arrivé dans la Grece ,
Vengeoit à Marathon les Grecs & ſa tendreſſe ;
Et le Perſan ſuperbe , à ſes pieds abatu ,
Conſoloit ce héros de vous avoir perdu.

MILTIADE.

Qu'à l'oreille d'un fils la loüange d'un pére
Sçait trouver aiſément le ſecret de lui plaire !
N'en parlons plus pourtant : je ſçai quel eſt le nom
Que s'acquit Miltiade aux champs de Marathon ;
Et quand la Renomée , avare de ſa gloire ,
M'auroit tû dans ces murs cette inſigne victoire ;
Mes maux , que j'y voïois croître à tous les inſtans ,
Ne m'apprenoient que trop ſes ſuccès éclatans.
Selon que ce Héros , devenu trop illuſtre ,
Par de nouveaux exploits prenoit un nouveau luſtre ,
On venoit reſſerrer mes fers appeſantis ;
Les triomphes du pére étoient les maux du fils.
Je comptois ſes vertus par mes propres allarmes ,
Et mes pleurs m'annonçoient les progrès de ſes armes.
   Mais quand , de ſes exploits s'effraïant follement ,
Athéne l'eût puni par le banniſſement ,
Et que , pouſſant plus loin ſes fraïeurs ou ſes haines ,
Elle l'eût rappellé pour l'accabler de chaînes ;
Xercés plaignit mon pére ; il vanta ſes vertus.

On adoucit mon sort ; mes fers furent rompüs.
Il voulut voir le fils de son vainqueur terrible :
Il me vit ; & mes maux le trouvérent sensible.
Et selon que des Grecs croissoient les cruautez ;
Du Perse généreux j'éprouvois les bontez.
De mon pére à son tour la cruelle aventure
Devint de mon bonheur la source & la mesure.
Malheureux , dans le sort qui sçût rompre mes fers ;
De n'être en liberté qu'au prix de ses revers ;
Et de me voir forcé de trembler pour sa vie ,
Selon que ma fortune augmentoit dans l'Asie.
Enfin mon pére meurt , & Xercés attendri
Me place auprès du Trône au rang de Favori.
      Mais depuis , trop fameux dans la paix , dans la
          guerre ;
Thémistocle est lui seul l'entretien de la terre :
C'est le Héros du monde ; & les yeux aujourd'hui
Ne sont dans l'Univers attachez que sur lui.
Trois fois par ce héros aux rochers d'Arthémise
La flotte des Persans dissipée ou surprise ;
L'Empire de la mer , si long-tems disputé ;
Enfin à sa Patrie acquis & mérité ;
Xercés glacé d'effroi fuïant vers le Bosphore ,
Et jusque dans Sardis pâle & tremblant encore ;
Les mers de Salamine , & celles de Naxos
Couvertes des débris de ses nombreux vaisseaux . . . .

Tant d'exploits étonnants, tant d'éclat, tant de gloire,
Ont fait de Miltiade oublier la mémoire.

THÉMISTOCLE.

Les succès de ce Grec jusqu'à vous parvenus ,
Je le vois bien , Seigneur, vous font assez connus.
Mais. . . . que vous ignorez ses maux !

MILTIADE.

     Comme mon pére ,
A-t-il aussi d'Athéne éprouvé la colére ?

THÉMISTOCLE.

Thémistocle , en horreur à ceux qu'il a sauvez ,
Contre ses tristes jours voit les Grecs soulevez.
Proscrit , persécuté , sans ami , sans azile ,
Errant dans l'univers , fuïant de ville en ville ;
Tantôt des flots émûs vil joüet sur les mers ,
Et tantôt fugitif dans l'horreur des deserts :
Cachant par tout le nom que lui fit Salamine ,
Ce nom jadis sa gloire , à présent sa ruine ;
N'osant être lui-même , en un mot. Aujourd'hui
*Du fils de Miltiade implore icy l'appui. . . . *

MILTIADE.

** Il se baisse aux genoux de Miltiade.*

Thémistocle ! . . . .

THÉMISTOCLE , *en se couvrant.*

    Tes yeux avec un soin extréme
Me cherchent, je le vois, moi-même dans moi-même.
Rien ne t'annonce en moi le Vainqueur de Naxos ,

Rien dans ces murs fameux ne me fuit, que mes maux.
Aucun de ces lauriers, cueillis près d'Arthémise ,
Ne cache ma difgrace à ta jufte furprife:
De ces nombreux Captifs , fruit de tant de combats ,
Aucun dans mon exil n'accompagne mes pas.
Livrez à leurs foupçons auffi faux que funeftes ,
Les Grecs m'ont tout ravi : Mais enfin tu me reftes.
Conçois à ce feul mot mon eftime pour toi.

MILTIADE.

A ce feul mot auffi , Seigneur , je la conçoi:
Mais quels brillants objets s'offrent à ma mémoire !
Je me fens invefti de toute vôtre gloire.
A vôtre augufte afpect vos exploits inoüis
Se préfentent en foule à mes yeux ébloüis:
Je vois à vos côtez Salamine placée :
Sa redoutable image étonne ma penfée ;
Et des Perfes altiers , abbatus fous vos coups ,
Les Manes effrayez femblent fuir devant vous.
Mais fouffrez , qu'écartant ces images pompeufes ,
Je baife avec tranfport ces mains victorieufes. *   * il lui prend les mains.
Oüi : j'accepte la foi que vous daignez m'offrir ;
Je vous donne la mienne : Et s'il faut l'affermir ,
Je n'attefterai point cette fplendeur divine , *   * Le Soleil, Dieu des Perfes.
J'en jure entre vos mains , Seigneur , par Salamine.

THÉMISTOCLE.

Et l'offre , & le ferment j'accepte tout de toi.

A iiij

Mais par de prompts effets dégage ici ta foy.
Auprès du fier Xerxés ton pouvoir est extréme ,
Toute la Grece en parle ; & c'est ce bruit lui-même ,
Qui , malgré les périls femez fur tous mes pas ,
M'a conduit de fi loin jufque dans ces climats.
Cet efpoir m'a guidé dans mes erreurs diverfes ,
Et fûr de tes vertus , je n'ai point craint les Perfes.
Juftifie aujourd'hui l'honneur que je te fais.

MILTIADE.

Ma fortune eft à vous : Expliquez vos fouhaits.

THÉMISTOCLE.

Ta fortune ! ô , mon fils , foufre un avis fincére ,
Soufre que je rejette une offre trop vulgaire.
Te ferois-tu l'affront de croire que ton rang ,
Tout élevé qu'il eft , foit digne de ton fang ?
Ce n'eft que par ton nom que je te confidére.
Ton véritable rang , c'eft ton fang , c'eft ton pére ,
L'immortel Miltiade. Au refte fi ton cœur
S'offenfoit malgré moi d'un difcours peu flateur ,
Excufes-en l'orgüeil : la Grece m'a vû naître ,
Elle m'a vû vingt ans moins fon chef,que fon maître.

MILTIADE.

Mais enfin ordonnez ; Que voulez-vous de moi ?

THÉMISTOCLE.

Voir Xerxés. C'eft-là tout ce que j'attends de toi.

MILTIADE.

Vous, Thémistocle, ô ciel ; vous offrir à sa vûë !
Vous, l'éternel effroi de l'Asie éperduë !
Xerxés, toutes les nuits en songe consterné
Passe encor devant vous le Bosphore étonné.
La Princesse sa fille, à qui le sort contraire
Ravit à Salamine & trois fils, & leur pére,
Ne rappelle jamais vôtre nom odieux,
Qu'avec de longs soupirs, & des cris furieux.
Des Persans affoiblis les familles desertes
N'accusent chaque jour que vous seul de leurs pertes.
Xerxés même est tout prêt à vous proscrire aussi :
Et je ne l'ai qu'à peine arrêté jusqu'ici.

THÉMISTOCLE.

J'ai vaincu. Tous les maux que tu m'as vû leur faire,
Sont ceux de la victoire, & non de la colére.
Xerxés, quoique vingt fois sous mon bras abatu,
Sent & connoît toûjours le prix de la vertu.
Son vainqueur à ses yeux ne sçauroit être infâme.
J'abaissai sa fortune, & non pas sa grande ame.
Non, je le connois trop : il n'a dans les combats
Perdu que son orgueïl, sa flotte ; & ses soldats.
D'ailleurs, qui fit jamais, s'il sçût aimer la gloire,
Un crime à son vainqueur d'une juste victoire ?
Non : Xerxés saisira l'avantage flateur
De réparer sa honte, en sauvant son vainqueur.

Il a fui devant moi : c’eſt à lui , s’il y penſe ;
De s’en juſtifier , en prenant ma défence.
Trop heureux , à ce prix , de faire à l’univers
Oublier à la fois ma gloire & ſes revers :
Trop heureux , de pouvoir , ſans ſortir de l’Aſie ,
Faire rougir des Grecs l’indigne jalouſie ,
Et punir leur orguëil par l’outrage inconnu
D’apprendre d’un Perſan ce que vaut la vertu.
C’eſt toute la vengeance , où ma douleur aſpire.

MILTIADE.

Ce ſont des ſentimens nouveaux dans cet empire :
Vous expoſez vos jours. . . .

THÉMISTOCLE.

                              Va , calme ce ſouci ;
On aime la vertu , puiſqu’on t’eſtime ici.

MILTIADE.

J’obéïs. Mais , malgré le rang qui m’autoriſe ,
Il faut qu’aux yeux du Prince Artaban vous conduiſe :
Satrape , dès long-tems puiſſant auprès du Roi ,
Fier , & jaloux ſur tout de ſon rang , & de moi.
Les Cours de l’Orient , eſclaves d’elles-mêmes ,
Obſervent ces devoirs comme des loix ſuprémes.
On n’en diſpenſe point. Souffrez qu’en vous nommant...

THÉMISTOCLE.

Me nommer ! laiſſe-moi dans mon déguiſement.
Mais dis , ſi tu le veux , à ce Miniſtre auſtére ,

Qu'un Etranger, chargé d'un avis falutaire,
Vient du fond de la Gréce en inftruire fon Roi ;
Que de cet Etranger tu répons fur ta foi.

MILTIADE.

Vous le voulez, Seigneur : J'obéïs à mon maître.
Artaban n'eft pas loin ; vous l'allez voir paroître.

Il fort.

SCENE TROISIÉME.

THEMISTOCLE *feul*.

PAlais du grand Cyrus, féjour, que mes exploits
De pleurs, de fang, de deüil ont rempli tant de fois,
Que le Sort en ce jour vange bien vos allarmes !
Je fuis des lieux chéris, & fauvez par mes armes ;
Et je cherche un azile, où je fuis en horreur.
O, Grece, où me réduit ton injufte fureur !

SCENE QUATRIÉME.

THEMISTOCLE, ARTABAN, MILTIADE.

MILTIADE à Artaban.

C'Eft-là cet Etranger, dont le fort m'intéreffe,
Seigneur : il eft inftruit des fecrets de la Grece.

Si pour lui mes efprits ne font trop prévénus ,
C'eft quelqu'un de ces Grecs que leur gloire a perdüs,
   Vous le fçavez, Seigneur : par un caprice extrême;
La Grece également craint le mérite , & l'aime.
Tout homme fans vertus eft moins qu'homme à fes
            yeux :
Et quiconque en a trop , lui devient odieux ;
Sa fiére liberté , qu'allarme une victoire ,
Chaffe , en les admirant , les auteurs de fa gloire :
Et redoutant toûjours ceux qu'elle a fait trop grands,
Ne leur pardonne point d'être heureux trop long-temps.
C'eft ainfi qu'à mon pére elle ofa faire un crime ,
D'avoir dix ans entiers captivé fon eftime :
Et ne lui pardonna fes triomphes divers ,
Que lorfqu'elle le vit expirer dans les fers.

ARTABAN.

Ah, que ces mêmes Grecs, plus juftes dans leur haine,
N'ont-ils à Thémiftocle impofé même peine !
Pourquoi , froids fpectateurs de fes faits inoüis ,
Depuis plus de vingt-ans les laiffer impunis ?
Vos Grecs attendent-ils , pour jurer fa ruine ,
Un excès de bonheur plus grand que Salamine ?
Xercés , le grand Xercés fuïant abandonné ,
Eft-ce un fuccès fi vain pour être pardonné ?

THÉMISTOCLE.

Vous vous livrez , Seigneur , à d'inutiles plaintes.

Ce fleau des Perfans, cet objet de vos craintes,
Ce Thémiftocle enfin, fi coupable à vos yeux,
Eft à ceux de la Grece encor plus odieux.
Pour vanger de vos Rois la honte & les allarmes,
La Grece l'a puni du fuccès de fes armes.
Il eft profcrit, Seigneur, ...

ARTABAN.

Ombre du grand Cyrus,
Ton Trône eft éternel ; Thémiftocle n'eft plus.
Enfin l'or des Perfans, femé par mon adreffe,
Contre ce fier Profcrit a foulevé la Grece.
Ce qu'ont tenté fans fruit fur la terre & les eaux
Nos Cohortes fans nombre, & nos mille vaiffeaux,
Grace au dépit jaloux de Sparte contre Athéne,
Mille Talens l'ont fait fans péril & fans peine.

THÉMISTOCLE.

De ce grand coup, Seigneur, conduit fi fourdement,
Vous vous applaudiffez peut-être vainement.
Thémiftocle eft profcrit : mais foïez peu tranquille.
De tout tems en héros la Grece fut fertile.
Thémiftocle des Grecs eft-il l'unique appui ?
Combien qui fçavent l'art de vaincre comme lui ?
Soûtenu fi long-tems par un bonheur extrême,
Son exemple a formé plus d'un autre lui-même.
Mais, devant vôtre Roy dans ce jour introduit,
De fecrets importans fi ma bouche l'inftruit,

De vos mille Talens , déja perdus peut-être ,
J'assure pour jamais les fruits à vôtre maître.

ARTABAN.

J'y consens. Mais tu sçais , que le Grec trop jaloux ,
N'abaisse qu'aux autels ses superbes genoux.
Pour nous , devant nos Rois , images de Dieu même ,
Courbez , nous adorons le sacré diadéme.
Si donc à son aspect , comme nous aujourd'hui ,
Tu consens de fléchir le genoux devant lui ;
Vien , sui moi. . . .

MILTIADE.

Mais on peut. . . . .

ARTABAN.

Quoi , d'un Roi qui vous aime ,
Vous soutenez ainsi la Majesté suprême ?
Osez-vous donc ravir à son Sceptre éternel
Des respects , que lui doit quiconque est né mortel ?

MILTIADE.

Satrape , ce reproche est mal dans vôtre bouche.
Mais un autre interêt à cette heure me touche :
Satisfaites ce Grec.

THÉMISTOCLE.

C'est à moi de prévoir
Ce que pourroit peut-être exiger mon devoir.
Lorsque, conduit au Trône aux pieds de vôtre maître,
Je me serai moi-même à lui seul fait connoître,

S'il exige d'un Grec un hommage peu dû,
Je verrai ce qu'alors me dira ma vertu.

ARTABAN.

Sera-t-il temps alors ? ... Mais puisqu'on le desire,
Allons. Quel est ton nom ?

MILTIADE.

Il ne peut nous le dire.
C'est un secret, Seigneur, réservé pour le Roi.

ARTABAN *d'un ton fier.*

Je ne puis l'introduire.

MILTIADE.

Etranger, suivez-moi.

❖❖❖❖❖❖❖❖❖❖❖❖❖❖❖❖❖❖❖❖❖❖❖❖❖❖

SCENE CINQUIÉME.

ARTABAN.

QUe va-t-il donc tenter ? oseroit-il lui-même
Conduire un inconnu jusqu'au Trône suprême ? ...
Mais pourquoi de ce Grec se faire ainsi l'appui ?
Quel interêt si grand l'a prévenu pour lui ?
Tantôt il me menace, & tantôt me caresse. ...

✿✿✿✿✿✿✿✿✿✿✿✿✿✿✿✿✿✿✿✿✿✿✿✿✿✿✿✿✿✿✿✿✿

SCENE SIXIÉME.

ARTABAN, HYDASPE.

HYDASPE.

SEigneur, deux Envoïez arrivent de la Grece ;
Et chargez, disent-ils, d'un secret important,
Pressent d'être introduits, s'il se peut, à l'instant.

ARTABAN.

Mais, Hydaspe, dit-on quel sujet les améne ?

HYDASPE.

On n'en dit rien encor, Seigneur. L'un vient d'Athéne,
L'autre arrive de Sparte.

ARTABAN.

              Allons sçavoir quel soin
A Suze tout à coup les conduit de si loin.
Toi, Cours de Miltiade observer la conduite,
Et veille sur ce Grec, qu'il a pris à sa suite.
De ces lieux à l'instant l'un & l'autre est sorti.
S'ils entrent chez le Roi, que j'en sois averti.
Je ne sçais ce qu'augure une crainte secrete,
Mais ce fier inconnu me trouble & m'inquiete.

Fin du premier Acte.

ACTE SECOND.

SCENE PREMIERE.

XERXÉS, MILTIADE.

XERXÉS.

U'il vienne, j'y confens : & m'en
fie à ta foi.
Mais qu'Artaban ici l'amene devant
moi;
Je prétens, comme lui, que la loi
foit gardée.
Dailleurs, puifque ce Grec m'en rappelle l'idée,
Je fçaurai d'Artaban, fi l'arrêt qui profcrit
Thémiftocle . . . . .

MILTIADE.

Ah, grand Roi, vous l'avez donc foufcrit
Ce rigoureux arrêt ?

B

XERXÉS.

    Laſſé de tant de gloire,
Dont ce Grec chaque jour illuſtre ſa mémoire :
Je ne puis plus long-tems captiver ma fureur.
Son nom me frape encor d'une ſecrete horreur.
Il faut te l'avouër, à ma honte ſans doute :
Vingt ans ſont écoulez depuis nôtre déroute ;
En ſonge cependant, dans l'ombre de la nuit,
Préſent à mes eſprits, ce mortel me pourſuit.
Attaché ſur mes pas, je crois le voir encore
Le fer levé, me ſuivre & m'atteindre au Boſphore :
Il me frape.... A l'inſtant par la fraïeur pouſſé,
Un cri rompt mon ſomeil, à peine commencé.
De ce Grec odieux mon ame eſt trop bleſſée ;
Quand il ne ſera plus, j'en perdrai la penſée.

MILTIADE.

Je connois vos vertus : non, un ſonge ſi vain
N'a point à le proſcrire obligé vôtre main.
Une raiſon plus forte a ſçû vous y réſoudre :
Vous allez ſur les Grecs faire tomber la foudre.

XERXÉS.

La guerre eſt réſoluë, il eſt vrai. L'univers
Condamne ma lenteur à venger mes revers.
Chaque inſtant que je vis, ſans réparer ma gloire,
Deſéſpére mon cœur, & flétrit ma mémoire.
Les ſuccez malheureux, ſi long-tems négligez,

Se tournent en affront , & ne font plus vengez ;
Le Sort s'en juftifie : & nous chargeant du blâme ,
Il fait de nos malheurs des vices à nôtre ame ;
Et pour comble de maux , les peuples abufez
Erigent en héros ceux , qui les ont caufez.
L'arrêt en eft porté : La guerre eft réfoluë.
La gloire ma parlé , la gloire eft abfoluë.
Mais , pour entrer en Grece & pour la conquêrir ,
L'odieux Thémiftocle avant tout doit périr.
C'eft l'unique rampart , dont la force invincible
Me rend , depuis vingt ans , l'Europe inacceffible.
Mais ce rampart détruit , vainqueur deflors , je voi
Les Grecs épouvantez tomber tous devant moi.
Je vois les fiers rochers , que ferme Thermopyle ,
S'ouvrir , & me laiffer un paffage facile.
Rien ne m'arrête plus . . .

MILTIADE.

Oüi : mais Sparte , Seigneur ?

XERXÉS.

Elle eft pour nous.

MILTIADE.

Quoi , Sparte ? un efpoir fi flateur
Veut un garand. . . .

XERXÉS.

Je l'ai.

B ij

MILTIADE.

Quel est-il donc ?

XERXÉS.

Sa haine.

Une jalouse aigreur l'irrite contre Athéne.
L'Envie en ses accès ne hait pas à demi ;
Un rival à ses yeux est plus qu'un ennemi.
Telle est Sparte sur tout. Dans ses fougueux caprices,
Ainsi qu'en ses vertus extréme dans ses vices,
A ses transports jaloux elle se livrera ,
Et pour détruire Athéne , elle se détruira.

SCENE DEUXIÉME.

XERXÉS, MILTIADE, ARTABAN.

ARTABAN.

Un étranger , Seigneur , sans se faire connoître ,
Ose , devant vos yeux , demander à paroître ;
Un soupçon dans mon cœur s'éleve malgré moi.
Il m'est suspect.

XERXÉS.

Qu'il entre : On répond de sa foi ;
D'un secret important il demande à m'instruire. ...
Au reste , en tous les lieux soumis à mon empire ,
Avez-vous envoïé l'ordre que j'ai souscrit ,

Et le fier Thémistocle est-il enfin proscrit?
ARTABAN.

Il l'est. L'Europe même a prévenu l'Asie.
Les Grecs, depuis un mois, ont mis à prix sa vie;
Et leurs Ambassadeurs, arrivez aujourd'hui,
Le font chercher en Perse, où l'on dit qu'il a fui.
Sans tarder plus long-tems il faudroit les entendre.
XERXÉS.

Non: je veux voir le Grec, vous dis-je. Allez-le prendre.

✢❖✢❖✢❖✢❖✢❖✢❖✢❖✢❖✢❖✢❖✢❖✢❖✢❖✢❖✢❖✢❖✢

SCENE TROISIÉME.

XERXÉS, MILTIADE, THÉMISTOCLE, ARTABAN.

ARTABAN, conduisant Thémistocle.

O Béïs, Etranger; adore le grand Roi.
THÉMISTOCLE.

Je n'ai point ici d'ordre à recevoir de toi.
  Seigneur, daignez suspendre une loi qui me gêne.
Quand vous m'aurez connu, peut-être qu'avec peine
Vos yeux me trouvéroient à vos pieds abbatu.
Athéne est ma Patrie, & j'en ai la vertu.
XERXÉS.

Je distingue, il est vrai, malgré toute ma haine,
B iij

Du refte de vos Grecs la vertueufe Athéne.

Mais d'un jufte devoir , où tu crois t'abaiffer ,

Pour être Athénien te veux-tu difpenfer ?

A peine , au fouvenir de fa vertu fuprême ,

En voudrois-je affranchir Thémiftocle lui-même.

THÉMISTOCLE.

D'un Roi fi généreux je n'attendois pas moins ;

Vous me difpenfez donc de ces ferviles foins.

Portez contre mes jours l'arrêt le plus févére;

Qui fauve fa vertu , n'a plus de perte à faire.

Roi , voici Thémiftocle.

XERXÉS.

Ah , que voi-je , grands Dieux !

THÉMISTOCLE.

Vous frémiffez d'horreur à ce nom odieux ,

Je le vois. Tous les maux , que durant tant d'années,

Par mon bras à la Perfe ont fait les Deftinées ,

S'offrent , en me voïant , à vôtre fouvenir ;

Et preffent vôtre cœur de vouloir m'en punir.

Puniffez , vengez-vous. Si vaincre c'eft un crime ,

Je puis bien l'avoüer , ma peine eft légitime.

Vous ne me verrez point , pour arrêter vos coups ,

De mes propres vertus m'excufer devant vous.

Mais aujourd'hui , Seigneur, fi vous daignez m'en croire ,

Mes malheurs deformais vont faire vôtre gloire :

Je puis vous rendre illuſtre & cher à l'univers.
Jalouſe du grand nom que m'ont fait vos revers ,
Comme ſi ces revers n'étoient pas ſa fortune ,
La Grece m'a proſcrit. Aux fureurs de Neptune ,
Aux périls que la terre enfantoit ſous ſes pas ,
Thémiſtocle echapé ſe jette entre vos bras.
Quel honneur , ô Xerxés , vous fait ma confiance !
Malgré tout ce que doit vous dicter la vengeance ,
Je vous crois généreux , même juſqu'à juger
Que vous pouvez haïr , & pourtant protéger.
Juſtifiez , Seigneur , une ſi haute eſtime.
Faites rougir la Grece , en lui montrant ſon crime.
Qu'elle apprenne de vous, pour punir ſa fierté ,
Ce que vaut un mortel, qui vous a réſiſté.
Sauvez ce qu'elle perd : & par cette clémence ,
Prenez d'elle & de moi la plus digne vengeance.
En nous faiſant l'affront de nous vaincre en vertu ,
Faites douter encor, ſi vous fûtes vaincu.
    C'eſt là l'inſigne honneur , que ſous d'autres auſ-
        pices ,
Gardoient à vos vieux ans des Deſtins plus propices.
S'ils m'amenent à vous , c'eſt pour vous relever
Par la gloire ſans prix de pouvoir me ſauver.
C'eſt pour vous que je viens , plûtôt que pour moi-
        même.
Selon qu'uſant ſur moi de ſon pouvoir ſuprême ,

Xerxés prononcera fur mon fort aujourd'hui ,
J'apporte l'infamie , ou la gloire chez lui.
Je vous laiffe choifir.

XERXÉS, d'un ton irrité.

Mon choix n'eft plus à faire :
Ton nom l'a décidé. Sortez tous. Qu'on éclaire
Tous les pas de ce Grec ; & veillez fur fes jours.
Toi , demeure , *

* A Mil-
tiade.

❖❖❖❖❖❖❖❖❖❖❖❖❖❖❖❖❖❖❖❖❖❖❖❖❖❖❖❖❖❖❖❖❖❖❖

SCENE QUATRIÉME.

XERXÉS, MILTIADE.

MILTIADE.

Ainfi donc ce héros , fans fecours ,
Va tomber à l'autel qu'il a crû falutaire ;
Et foüiller de fon fang le Dieu qu'on y révére !
Au nom de vos vertus , que vous allez flétrir ,
Pour le plus grand des Grecs laiffez-vous attendrir.
La bonté fait les dieux & non pas la puiffance.

XERXÉS.

Etouffe des foupçons , dont ma gloire s'offenfe.
Moi , le faire périr , quand lui-même à mes coups
Se livrant fans frayeur , enchaîne mon courroux ?
Quand, fe montrant pour moi rempli de tant d'eftime,
De ma propre vengeance il fçait me faire un crime ?

MILTIADE.

Mais d'une voix terrible, & d'un œil courroucé
Vous l'avez loin de vous indignement chassé ?

XERXÉS.

Saisi d'étonnement, plein d'une joïe extrême,
Non, mon cœur n'étoit plus le maître de lui-même.
Ce double sentiment, dont j'étois agité,
Plus qu'il n'eût convenu, peut-être eût éclaté.
Pour retenir esclave un transport téméraire,
Ma voix, mes yeux ont feint la haine & la colére.....

Qu'un mérite parfait, deslors qu'il se fait voir,
A sur les cœurs des Rois un étrange pouvoir !
Le long ressentiment de ma gloire flétrie
S'est calmé tout à coup dans mon ame ravie.
J'ai vû de ce Héros les succès immortels,
Et je ne les ai plus trouvez si criminels.
De ses nobles discours sa gloire soutenuë
Paroissoit mille fois plus brillante à ma vûë.
Le Bosphore & Naxos, ses crimes autrefois,
Se montroient ce qu'ils sont, de glorieux exploits.
Ses maux même, ses maux, joints à sa renomée,
L'offroient cent fois plus grand à mon ame charmée.
J'ai cessé de haïr, & me suis convaincu
Que je puis, que je dois aimer qui ma vaincu.

Je le tiens ce héros ; sa juste confiance
Me livre Thémistocle,.... Il est en ma puissance.

Cŏı̈çois toute ma gloire ; il eſt entre mes mains
Cet invincible Grec ; le plus grand des Humains.
Rien n'égale l'excès de mon bonheur suprême.
J'ai ſa foi.... ſon eſtime.... enfin je l'ai lui-même.
Soleil ; divin flambeau qui brilles dans les cieux ;
Du trône de Cyrus protecteur glorieux ;
Si juſqu'ici pour moi ta courſe infortunée
A de jours malheureux marqué ma deſtinée ;
Il ne m'en ſouvient plus. Tu gardois à Xerxés
Dans l'hyver de ſes jours le plus grand des ſuccès.
J'ai fui devant ce Grec , & ce Grec invincible
Fuit aux pieds de mon trône ; & m'y trouve ſenſible.
Il fut mon ennemi : je deviens ſon appui.
Il m'a vaincu jadis : je le ſauve aujourd'hui.
En m'ouvrant à la gloire une ſi belle route ;
En un triomphe auguſte il change ma déroute :
Et pour tous les lauriers qu'il remporta ſur moi ;
Il me rend aux vertus les plus dignes d'un Roi.

MILTIADE.

De mes honteux ſoupçons je ſens l'injure extrême ;
Vôtre cœur eſt plus haut que vôtre trône même ;
Seigneur. Mais cependant , en ce même moment ,
Le triſte Thémiſtocle écarté fiérement ,
Fondé dans ſes ſoupçons , ſi j'oſe vous le dire ,
Doute de la vertu que moi-même j'admire.
Ah , grand Roi , dans le cœur d'un ſi fameux héros

Un mépris d'un moment est le plus grand des maux.

XERXÉS.

Gardes , faites entrer : Et que le Grec revienne.

SCENE CINQUIÉME.

XERXÉS, MILTIADE, ARTABAN, LES SATRAPES.

XERXÉS *aux Satrapes prosternez.*

SAtrapes , levez-vous. L'objet de vôtre haine ,
L'éternel ennemi de mon trône sacré ,
Thémistocle y demande un azile assuré.
J'avois proscrit ses jours , le croïant dans la Grece.
Ici , pour ce mortel vôtre Roi s'intéresse :
Je l'absous. Oubliez tous vos malheurs passez ;
Il m'a crû généreux : ils sont tous effacez.
Ma fille à sa douleur toûjours abandonnée ,
Pleure encor de ses fils l'affreuse destinée ;
Le nom seul de ce grec , frapant son souvenir ,
Aigriroit trop son deüil. Allez * la prévenir.

* A Arta-
ban.

MILTIADE.

Seigneur , l'arrêt subsiste ; & fatal à sa vie ,
Peut contre Thémistocle armer la perfidie.

XERXÉS.

Je t'entends.... * Qu'un nouveau le révoque à l'i
tant.

*Artaban.

❀❀❀❀❀❀❀❀❀❀❀❀❀❀❀❀❀❀❀❀❀❀❀❀❀❀❀❀❀❀

SCENE SIXIÉME.

XERXÉS, THÉMISTOCLE, MILTIAI LES SATRAPES.

XERXÉS.

Approche, illustre Grec. Dans cet embrasseme
Que tes seules vertus me rendent légitime,
Vien, reçoi de Xerxés la parole & l'estime.
Mon Trône est ton azile, & mon bras ton appui.
Oublie auprès de moi tes Grecs dès aujourd'hui.
De ces peuples ingrats l'indigne jalousie
Voudroit envain....

THÉMISTOCLE.

Arrête, Arbitre de l'Asie.
En marquant pour les Grecs d'injurieux mépris,
De tes rares bienfaits n'avilis point le prix.
Laisse-moi les goûter, sans rougir pour Athéne.
Ces Peuples, il est vrai, portent trop loin leur hai
Mais, de leur liberté justement amoureux,
C'est par trop de vertu, qu'ils sont moins généreu

Durs pour le citoyen , tendres pour la patrie ,

Le zéle feul en eux produit la jaloufie.

Pardonne, fi j'excufe ici tes ennemis :

En te voïant fi grand , je me le crois permis.

Mais fi mon zéle encore ofe excufer la Grece,

Juge , à quel point pour toi tout ici m'intéreffe.

Le fang m'unit aux Grecs ; à toi , c'eft la vertu ;

Et ce dernier lien ne peut être rompu.

Connois même pour toi l'excès de mon eftime.

Je vois comme un devoir ce que j'ai pris pour crime:

Mon vertueux orguëil n'en eft plus offenfé.

Je te rends les refpects , dont tu m'as difpenfé.

J'adore ta vertu. . . . Mais * non ton diadéme.   *En fe rele-
                                                                    vant.

X E R X É S.

J'accepte tes refpects terminez à moi-même.

Et puis qu'au trône augufte , où tu me vois affis ,

Tu m'apporte ta tête , acceptes-en le prix.

J'ajoûte à ce préfent , que te fait ma juftice ,

Quatre villes , Lampfaque & l'antique Lariffe :

J'y joins la vafte Elée , & la riche Palmis.

Je les mets fous ta loi : leur peuple t'eft foumis.

Et pour te faire un don plus digne encor d'envie ,

Toi , Miltiade , ici veille au foin de fa vie :

Sois fa garde en ces lieux , comme moi fon appui ;

Et partage tes foins entre Xerxés & lui.

Après tant de périls , de travaux , & de crainte ,

Allez , illuftre Grec , refpirer fans contrainte.

Tous fortent , hors le
Artaban eft entré un peu
paravant.

SCENE SEPTIÉME

XERXÉS, ARTABAN.

XERXÉS.

MA fille eft-elle inftruite , & Suze a-t-elle ap
Que je veux protéger les jours , que j'ai profcrits

ARTABAN.

L'un & l'autre , Seigneur , trouve plus d'un obft

XERXÉS.

Comment ? malgré mon ordre. ....

ARTABAN.

Un étrange fpectacle
Chez Roxane & dans Suze a frapé mes efprits.

XERXÉS.

Quoi ?

ARTABAN.

La Princeffe en pleurs remplit tout de fes
Au feul nom de ce Grec , protégé par vous-mên
Sa douleur affoupie eft devenuë extréme.

Il vous souvient, Seigneur, du jour infortuné,
Quand, à la consoler malgré-moi destiné,
Je fus de ses malheurs lui porter la nouvelle.
Sa peine, à ce récit, fut cent fois moins cruelle.
Ce fut douleur alors, c'est vengeance aujourd'hui,
C'est fureur. Mais sur-tout elle accuse l'appui,
Que prête vôtre Sceptre à ce Grec qu'elle abhorre,
Livrée à ses transports, elle atteste, elle implore
Les Manes de ses fils, de son illustre époux
Justement étonnez d'être trahis par vous.

XERXÉS.

Dieux !

ARTABAN.

Suze d'autre part, détestant Salamine,
Veut qu'on livre le Grec, auteur de sa ruine.
L'un lui demande un fils par le fer égorgé,
Et l'autre, un jeune époux dans les flots submergé,
De mille affreux trépas on rappelle l'image....
Nos vaisseaux embrasez fumants sur le rivage,
La mer couverte au loin de corps demi brûlez,
Et ses flots écumeux de carnage troublez.
Tout se couvre de deüil : & Suze consternée
Semble encor de Naxos apprendre la journée.
Envain vous révoquez vôtre premier édit ;
On s'obstine à vouloir Thémistocle proscrit.
Bientôt Suze, élevant sa voix contre son maître,

Demandera.... Que dis-je ? ordonnera peut-être.

XERXÉS.

Ma promeſſe en mon cœur parle encore plus haut ;
Et Suze dans ce jour m'entendra , s'il le faut.
Contre le deſtructeur de ma triſte famille
Je ne crains aujourd'hui , que les pleurs de ma fille.

SCENE HUITIÉME.

ROXANE, ſuite , ARTABAN.

ROXANE.

Qu'eſt devenu mon pére ?... il étoit avec vous.

ARTABAN.

Il eſt ſorti , Madame , enflammé de courroux.
Il s'offenſe des pleurs , que Suze oſe répandre :
Et loin de les venger , il court les lui défendre.
C'en eſt fait , ſi vos cris n'attendriſſent ſon cœur ;
Vos fils , & nos enfans demeurent ſans vengeur.
Suze n'a deſormais plus d'eſpoir qu'en vos larmes.

ROXANE.

Cet eſpoir vous ſuffit. Appaiſez vos allarmes.
Quoi , ma victime arrive , & pourroit échaper
Au coup , dont ma douleur eſt prête à la fraper !
Mon pére écouteroit une indigne clémence !

Il

Il laisseroit sa fille expirer sans vengeance !

Il m'aime, il est mon pére : allez, ne craignez rien ;

Il trahiroit son sang, s'il ne vengeoit le mien. *   *Artaba

    Nos maux vont s'adoucir : soufre, qu'ici,Thémire,   sort.

Pour la derniere fois mon triste cœur soupire....

Cher époux, ô mes fils, si sur les sombres bords

Une illustre vengeance y flatte encor les Morts,

O, que vos Manes saints vont gouter de délices !

A vos cris, à mes pleurs les Dieux enfin propices,

Aux pieds de vos tombeaux, si long-tems mes autels,

Amenent un Héros, le plus grand des Mortels,

Thémistocle.... A ce nom, trop connu même aux

      Ombres,

Je vois le Deüil s'enfuir de vos visages sombres.

Dans ce superbe espoir vos Manes soulagez

Commencent d'oublier, qu'ils furent outragez.

Déja des Morts fameux les Ombres fortunées

Baissent, à vôtre aspect, leurs têtes couronnées:

Et vous voïant vengez au prix d'un si beau sang,

Se levent devant vous, & vous offrent leur rang.

    Mais vien, en attendant le retour de mon pére,

Allons, Thémire, allons, sur leur cendre si chére,

Redire mille fois, quelle victime enfin

Leur prépare en ces lieux la faveur du Destin.

        Fin du second Acte.

                 C

ACTE TROISIÈME.

SCENE PREMIERE.

ARTABAN, HYDASPE.

ARTABAN.

Nvain j'avois compté sur un peuple volage,
Hydaspe : un seul regard a dissipé
l'orage.
Malgré les fiers transports d'un
sombre deséspoir,
Dans les yeux de son Roi Suze a lû son devoir.

HYDASPE.

Ne deséspérez point. Suze a feint de se rendre.
L'interêt, qui la touche, est trop vif & trop tendre :
Par les cris de son sang le Perse est animé ;

Le respect l'a surpris, mais ne l'a pas calmé.

Si la bouche se tait, Seigneur, le sang murmure ;

Jamais le seul respect n'étouffa la nature. . . .

Vous ne m'écoutez pas ?

ARTABAN.

Des deux Ambassadeurs,

Di moi, selon mon ordre, as-tu sondé les cœurs ?

Veulent-ils en effet tous deux ce qu'ils prétendent ?

Tous deux haïssent-ils la tête, qu'ils demandent ?

S'ils font ses ennemis seulement par devoir,

Ils voudront moins sa mort, que sembler la vouloir.

Ils parleront bien haut, comme ils doivent le faire ;

Mais jamais le Devoir ne termine une affaire.

Quelque ardeur qu'il affecte, il ne veut qu'à demi ;

L'Interêt sçait lui seul agir en ennemi.

HYDASPE.

Le succès est donc sûr, & le Grec est sans vie :

L'un brûle de fureur, l'autre de jalousie.

L'un haït en ennemi, l'autre abhorre en jaloux.

Vous avez pour garants l'Envie & le Courroux.

Quel espoir eut jamais un appui plus solide ?

L'Athénien, Seigneur, c'est le juste Aristide ;

Et l'Envoïé de Sparte est le fier Parmenis :

Tous deux, de Thémistocle éternels ennemis.

e Proscrit, d'Aristide implacable adversaire,

Fit punir de l'exil sa vertu trop sévére.

Vous le ſçavez , Seigneur , ces auſtéres eſprits
Ne ſe dépoüillent plus des chagrins qu'ils ont pris.
La vertu dans leurs cœurs éternife la haine,
Elle en fait un devoir. L'autre , jaloux d'Athéne ,
Nourrit contre elle un fiel qu'on n'adoucit jamais.
Les peuples ennemis font quelque fois la paix.
Malgré les flots de ſang dont leur main s'eſt trempée,
Ils quittent à la fois la colére & l'épée.
Mais les peuples rivaux font jaloux ſans retours :
Ils ceſſent de combatre , & s'abhorrent toûjours.

ARTABAN.

Ah , tu me rends l'eſpoir , tu conſoles ma haine.
Car enfin trop long-tems je te cache ma peine.
Sçais-tu quel eſt ce Grec ? as-tu vû dans ſes yeux
Cet orguëil inſultant d'un chef victorieux ?
C'eſt lui , lui-même , (ô ciel, faut-il que je le diſe ?)
Qui m'a vaincu trois fois aux rochers d'Arthémiſe.
L'inſolent ! il n'a point d'ordre à prendre de moi ,
Dit-il. Malgré moi-même il oſe voir le Roi.
Il fait plus : ſans daigner craindre un peu ma colére,
Il oſe le flater , le gagner & lui plaire.
Lui plaire ! ah , ç'en eſt trop. Fier d'un fragile appui,
Il penſe, je le vois , tout obtenir par lui.
Déja même peut-être il trame ma diſgrace ;
Son téméraire orguëil déja monte à ma place.
Il croit , contre les Grecs conduiſant nos ſoldats ,

Sous nos propres drapeaux me voir suivre ses pas.

Que dis-je ? ah , ç'en est fait : oüi , ma perte est jurée,

Un jeune ambitieux l'a déja préparée :

Un autre. . . . Et quel mortel ! en fut-il un jamais

Plus fier dans les combats , plus sage dans la paix ?

Dieux , comme on l'a reçû ! le superbe Monarque

A-t-il de son estime oublié quelque marque ?

Tu l'as vû , de son trône oubliant la splendeur ,

Se livrer sans réserve aux bras de son vainqueur.

Quels discours ! Quels égards ! c'est peu ; Quel respect même !

O , trône de Cyrus ! ô , sacré Diadéme !

Vien , allons arrêter ma chute & sa faveur. . . .

Qui s'avance vers nous ?

HYDASPE.

C'est Parmenis , Seigneur.

Il est seul.

❖❖❖❖❖❖❖❖❖❖❖❖❖❖❖❖:❖❖❖❖❖❖❖❖❖❖❖❖❖

SCENE DEUXIÉME.

ARTABAN, PARMENIS.

ARTABAN.

Vous sçavez , Seigneur , ce qui se passe.
Thémistocle est à Suze , & le Roi lui fait grace.

C iij

J'en triomphe avec vous : car je sçai qu'en secret
Vous protégez ce Grec, que vôtre Sparte haït.
Pour moi, qui vous croïois avide de vengeance,
J'allois joindre à vos soins ce que j'ai de puissance ;
Et servant vôtre Sparte afin de vous servir,
La délivrer d'un Grec, qui sçût l'assujetir.
Mais j'aime mieux cent fois vous obliger vous-même,
Qu'un peuple impétueux, qui ne sçait ce qu'il aime.
Vous êtes un ami, dont on doit faire cas :
Qui sert un peuple entier fait un peuple d'ingrats.

P A R M E N I S.

Seigneur, le tems est court ; laissons la calomnie.
Sans égard pour moi-même obligez ma Patrie.
Délivrez-la d'un Grec, qui fait tout son effroi :
Et pour me servir mieux, servez-la malgré moi.
Mon amitié vous touche, elle vous paroît chére ;
Je la mets à ce prix.

A R T A B A N.

      Vous êtes peu sincére.
Et j'en crois à vos yeux, plus qu'à tous vos discours.
Allez ; de vôtre ami je garantis les jours.
Cependant affectez tous les soins de la haine :
Si vous vous démentez, vôtre perte est certaine.
Car enfin, avant lui, la Grece à vos genoux
Rampoit, vous le sçavez, tremblante devant vous :
Et Neptune, à la voix de Sparte triomphante,

Courboit fous vos vaiffeaux fon onde obéïffante.

Que les tems font changez ! vôtre Ami glorieux

A fait dans fon parti paffer jufqu'à vos Dieux.

La Grece toute entiere eft fous la loi d'Athéne ,

Et la mer ne connoit qu'elle , pour fouveraine.

PARMENIS.

Allons au Roi , Seigneur : Vous verrez de vos yeux ,

Si jamais un mortel me fut plus odieux :

Si de mes citoïens je trahis la vengeance.

ARTABAN.

Arrêtez. Voulez-vous calmer ma défiance ?

Voulez-vous de ce Grec le trop jufte trépas ?

Ce moïen eft peu sûr : vous ne l'obtiendrez pas.

PARMENIS.

Montrez-m'en un meilleur ; quel qu'il foit , je l'em-
braffe.

ARTABAN.

N'attendez rien du Roi , Seigneur : il a fait grace.

Xerxés de ce Profcrit s'eft déclaré l'appui :

Il l'a dit : fa parole eft un ferment pour lui.

Je connois un chemin plus sûr & plus facile.

Mais la vertu de Sparte intraitable , indocile ,

Voit comme un crime affreux tout détour moins permis. . . .

PARMENIS.

Sparte veut fe venger de fes fiers ennemis ; .

C iiij

Et jamais sa vertu ne voit dans la vengeance ,
Que la peine trop dûë à quiconque l'offense.

ARTABAN.

Enfin l'austére Sparte a banni de ses mœurs
Une vaine droiture , & de folles rigueurs :
Et se faisant des loix , moins justes , mais plus sages,
A mis de la raison dans ses vertus sauvages.
Ma joïe en est extréme. Encor quelques momens
Conservez-vous , Seigneur , dans ces vrais sentimens.
Je prévois que bientôt ce généreux courage ,
S'il veut bien ce qu'il veut , en pourra faire usage.
On vient. . . . C'est Aristide : il s'avance vers moi.
Dissimulez.

❖❖❖❖❖❖❖❖❖❖❖❖❖❖❖❖❖❖❖❖❖❖❖❖❖❖❖❖❖❖❖

SCENE TROISIÉME.

ARISTIDE, ARTABAN, PARMENIS.

ARISTIDE.

QUand donc verra-t-on vôtre Roi ?

ARTABAN.

Vous serez introduit , Seigneur , à l'heure même.
Le Roi n'ignore point vôtre vertu supréme.
Mais souffrez qu'avec vous je m'arrête un moment.
Je vois avec chagrin ce grand empressement.

Le refus affuré, que Xerxés vous prépare,
Répondra mal aux foins d'une équité fi rare.
Le Prince n'eft plus libre. A quoi fert de le voir ?
Thémiftocle a fa foi... Que faire ?

ARISTIDE.

Mon devoir.

Que Xerxés le protége en Prince magnanime,
Il le doit : & pour lui j'en aurai plus d'eftime.

ARTABAN.

C'eft toûjours un affront qu'un refus, quel qu'il foit.

ARISTIDE.

Rougit-on parmi vous, quand on fait ce qu'on doit ?

ARTABAN.

Mais fi pareil refus, comme il vous plaît de croire,
Ne peut diminuer l'éclat de vôtre gloire,
Ne trompera-t-il point le trop jufte dépit,
Que nourrit vôtre cœur contre ce fier Profcrit ?...
Helas, de quels affronts fon implacable envie
N'a-t-elle pas flétri vôtre innocente vie ?
Nos mers, cinq ans entiers, fur leur bord étonné
Vous ont vû fans honneur, errant, abandonné,
Dans un injufte exil, fans fecours, fans azile,
Traîner de vos vertus le fpectacle inutile.
Outrage, exil, arrêts, tout demeure impuni.

ARISTIDE.

Je fuis Ambaffadeur, & non fon ennemi.

De ma haine, il eſt vrai, Thémiſtocle eſt trop digne.

Objet infortuné d'un injuſtice inſigne,

J'éprouvai de ſa main des coups plus furieux,

Que l'on n'affecte ici de les peindre à mes yeux.

Mais, malgré mes malheurs, ſuſpendant toute haine,

Je n'aporte en ces lieux que l'interêt d'Athéne.

Et comment mêlerois-je, injuſte citoïen,

Sa querelle à la mienne, & mon courroux au ſien ?

Le rang d'Ambaſſadeur eſt ſaint dans ma patrie :

C'eſt aux pieds des autels, qu'elle nous le confie ;

Un auguſte ſerment le conſacre dans nous.

Je le profanerois, y mêlant mon courroux.

Je viens venger la Grece, & non pas Ariſtide.

Mais peut-être qu'enfin vôtre Roi, moins rigide,

D'Athéne qui ſe plaint reſpectera la voix :

Elle n'eſt pas, Seigneur, inconnuë à vos Rois.

ARTABAN.

Mais puiſque vous croïez Athéne ſi terrible,

Epargnez à ſa gloire un affront trop ſenſible :

Vous le pouvez. Souvent l'adreſſe ſçait ravir

Ce que trop de hauteur ne ſçauroit obtenir.

Souvent qui nous refuſe (oſerai-je le dire ?)

Souffre que l'on le trompe, & même le deſire.

Dans le ſecret du cœur content d'être abuſé,

Il veut ſe voir ravir ce qu'il a refuſé.

ARISTIDE.

Satrape, je t'entends, & rougis de t'entendre.
Mais connois Ariftide, & ceffe de prétendre
Qu'à de lâches complots j'ofe m'abandonner.
Seigneur, je viens punir, & non affaffiner.
Allons à vôtre maître : il me tiendra fans doute
Un langage plus noble, & digne qu'on l'écoute :
Il regne.

ARTABAN.

Mais, Seigneur, je dois le prévenir....
Miltiade à propos vient vous entretenir.

✿✿✿✿✿✿✿✿✿✿✿✿✿✿✿✿✿✿✿✿✿✿✿✿✿✿✿✿✿✿

SCENE QUATRIÉME.

ARISTIDE, MILTIADE, PARMENIS.

MILTIADE, à Ariftide.

JE vous cherchois, Seigneur, avec impatience.....
Pourriez-vous d'un Profcrit foûtenir la préfence ?
Que dis-je, d'un Profcrit ? fon Sort infortuné
A des revers communs ne l'a pas condamné.
Vous l'abhorrez : voilà ce qui me le fait plaindre.
Toutefois à le voir pourriez-vous vous contraindre ?

ARISTIDE.

Fils du plus grand des Grecs, dont le cœur vertueux

Eſt un azile ouvert à tous nos malheureux,

Qu'Ariſtide à vous voir goute une douce joïe !

Mais, que propoſez-vous ? qui, moi, que je le voïe !

Un Proſcrit. . . . Cependant, ; oüi : faites-le venir.

D'un complot odieux je dois l'entretenir.

PARMENIS.

Seigneur, je me retire. . . , .

ARISTIDE.

       Ah, daignez nous entendre.

J'ai mes raiſons, qu'ailleurs je pourrai vous appren-

   dre. . . .

* A Mil- Oüi : qu'il vienne... * ſes maux me rendent généreux.
tiade.
PARMENIS.

Il fut vôtre ennemi.

ARISTIDE.

     N'eſt-il pas malheureux ?

✤❖

SCENE CINQUIÉME.

THÉMISTOCLE, ARISTIDE, PARMENIS, MILTIADE.

ARISTIDE.

HÉros infortuné, ſi ton illuſtre vie

Eſt, juſque en ces climats, par mes ſoins pourſuivie,

Ne m'en accuſe point : de ce funeſte emploi

Ta Patrie, & les Grecs m'ont chargé malgré moi.

Non que de mes chagrins l'odieuse pensée,

Présente à mes esprits, en puisse être effacée ;

Mais dans l'abîme affreux des maux, où je te voi,

Te haïr, me venger est un crime pour moi.

Sujet aux mêmes coups, dont le sort le menace,

Tout mortel doit d'autrui respecter la disgrace ;

Et loin que nous puissions lui porter d'autres coups,

La foudre qui l'abat le rend sacré pour nous.

Fidéle cependant au devoir qui m'arrête,

Je viens au fier Xerxés lui demander ta tête.

Je la demanderai, je ferai pour l'avoir

Tout ce qu'atend de moi la Grece & mon devoir.

Mais crain moins en ces lieux mon devoir & la

    Grece,

Que d'un Traitre caché la dangereuse adresse.

Songe, qui peut ici te voir d'un œil jaloux ;

Et crain de cette main quelques funestes coups.

Xerxés est plein de foi : mais quel complot siniftre

Sous un Roi chargé d'ans n'ose pas un Miniftre ?

  Je ne puis plus long-tems te parler, ni te voir ;

Et t'entendre peut-être est contre mon devoir.

Adieu : je te devois cet avis par justice.

Je prétends qu'on te livre, & non qu'on te trahisse.

T H É M I S T O C L E.

Seigneur.... mais, il me fuit....

✿✿✿✿✿✿✿✿✿✿✿✿✿✿✿✿✿✿✿✿✿✿✿✿✿✿✿✿

SCENE SIXIÉME.

THÉMISTOCLE, MILTIADE,

THÉMISTOCLE.

O, mortel vertueux !
Oüi : je rends grace au fort, qui m'a fait malheureux.
Athéne m'a profcrit ; mais le jufte Ariftide
Lui-même, de ma tête, écarte un bras perfide.
Mes dangers en fon cœur trouvent de la pitié ,
Et l'excès de mes maux me rend fon amitié.
O, Grece, c'eft en vain que ton courroux m'opprime.
Le Ciel m'en juftifie , Ariftide m'eftime.
Si je t'ai difputé des lauriers fuperflus ,
Je te les rends affez , te cédant en vertus ,
Cher ennemi ! grands Dieux , quel deftin fut le nô-
tre !
Nous ne méritions pas de nous haïr l'un l'autre.

MILTIADE.

Seigneur , le Roi paroît.....

SCENE SEPTIÉME.

XERXÉS, MILTIADE, ARTABAN, LES AMBASSADEURS, THÉMIST.

XERXÉS, *aux Ambassadeurs.*

NOn, non : Grecs. Mon devoir
Me fait, en son absence, un crime de vous voir.

THÉMISTOCLE.

Seigneur, à vos bontez ajoûtez-en une autre :
Ma gloire le demande encor moins que la vôtre.
Daignez des Envoïez ne point gêner la foi :
Mon aspect odieux, les contraint malgré moi.

XERXÉS.

Non : demeurez. Des Rois la parole sacrée
Du plus leger soupçon se croit deshonnorée.
De quelque éclat pompeux qu'il semble environné,
Un Trône est avili, dès qu'il est soupçonné.

ARISTIDE.

Qu'il demeure. Ma foi n'en sera point contrainte.
Libre, je parlerai sans détour & sans crainte.
Athéne est ma patrie : elle m'a revêtu,
En m'envoïant à vous, de toute sa vertu.
Envain ce conquérant, plus craint que le tonnerre,

Sous les coups de son bras a fait trembler la terre,
Athéne ne sçait point redouter ses enfans :
Elle ose les braver vainqueurs & triomphans.
Et malgré leurs lauriers, malgré toute leur gloire,
Elle va les punir au sein de la victoire.
Voici donc quel discours adresse par ma voix
La redoutable Athéne au plus puissant des Rois.
„ Xerxés, rend moi ce Grec, qui croit sous ta puis-
„ sance
„ Dérober, en fuïant, sa tête à ma vengeance.
„ De perfides complots je soupçonne sa foi :
„ Il vouloit dans mon sein être plus grand que moi.
„ Son pouvoir excessif n'étoit plus légitime,
„ Et ses succès trop grands l'acheminoient au crime.
„ Je l'ai proscrit. Sa tête en tout lieu m'appartient :
„ Je vois comme ennemi quiconque le soutient.
　　　Roi, que répondez-vous à l'invincible Athéne?

X E R X É S.

De ma réponse ici ne soyez point en peine ;
Moi-même sans tarder, suivi de mes soldats,
J'irai vous la porter au sein de vos états.
Cependant vous pouvez ensemble l'un & l'autre
Régler vôtre départ. Le mien suivra le vôtre.
Allez.

SCENE

SCENE HUITIÉME.

ROXANE, XERXÉS, AMBASSADEURS, THÉMISTOCLE, MILTIADE, ARTABAN.

ROXANE *, *aux Ambassadeurs.*   * *En deüil.*

GRecs , arrêtez. D'une princeffe en pleurs
Venez , auprès du Trône , appuïer les douleurs.
Seigneur,que faites-vous ? Quelle étrange clémence
Vous fait à nos ennuis dérober leur vengeance ?
C'étoit l'unique bien qui reftoit à mon cœur.
J'ai tout perdu , trois fils.... quel efpoir plus flateur !
Leur pére , heureux encor dans fon deftin funefte ,
De fa courfe auprès d'eux vit terminer le refte.
L'efpoir , l'unique efpoir d'être vengée enfin
Seul retenoit encor mon ame dans mon fein.
Et vous fauvez le bras , qui fit nôtre ruine ,
Mon pére ! oubliez-vous Naxos & Salamine ?
Ah , Roxane jamais n'en oublîra l'horreur.
L'image en traits de fang eft empreinte en fon cœur.
Je vois encor mes fils , long tourment de leur mére ,
Tous trois , percez de coups , tomber avec leur pére.
Malheureux ! ah , pour qui périffez-vous , mes fils ?

D

Pour un Roi généreux envers ſes ennemis ,
Il eſt vrai : mais cruel pour ſon ſang qu'il mépriſe.
Pardonnez , ô mon pére , à ma juſte ſurpriſe.
Voïez , au gré de l'onde & des vents mutinez,
Flotter de vos enfans les corps abandonnez.
Triſtes joüets des flots.... mais encor plus les vôtres ,
Oubliant à la fois & vos maux & les nôtres.
Vous le ſçavez pourtant , ils meurent pour leur Roi:
Vengez , vengez mes fils , ou bien rendez-les moi.
　　Mais , de vôtre promeſſe eſclave trop timide ,
Peut-être craignez-vous , Seigneur , d'être perfide.
Livrez-le à vôtre fille. Ah , malgré ma langueur ,
La force me viendra , d'où venoit ma douleur.
Je me meurs , je péris en proïe à ma miſére ;
Mais il me reſte encor des entrailles de mére.
Le perfide eſt vaillant... ah, je le ſçai trop bien.
Mais , montée à l'excès, ma douleur ne craint rien.
Permettez ſeulement qu'il ſe montre.... qu'il vienne.
Quel azile odieux le dérobe à ma haine ?
C'eſt ce Trône peut-être ?..(ah , trop cruel ennui !)
Il l'innonda de ſang , & c'eſt tout ſon appui !

XERXÉS.

Ma fille , que prétend ta douleur trop émuë ?
Si ce fameux guerrier paroiſſoit à ta vûë ,
Que bien-tôt ſa vertu calmeroit ce tranſport !
Songe , que ſa victoire eſt le crime du Sort.

C'eſt lui, qui ſeul préſide au ſuccès des batailles,
Il repaît ſa fureur d'illuſtres funerailles,
N'accuſons que lui ſeul, & non pas la valeur
Du Héros.... que tu vois partager ta douleur,

ROXANE.

L'aſſaſſin de mes fils ! ah, que vois-je, Thémire ?
Le jour fuit de mes yeux.... ſoutenez-moi, j'expire,

XERXÉS.

Dieux ! Qu'eſt-ce que j'ai fait ?.... De grace, éloig-
nez-vous :
En fuïant de ſes yeux, ſoulagez ſon courroux. *
Calmez, chére Roxane, un tranſport ſi funeſte,

ROXANE.

Envain on me rappelle au jour que je déteſte,
Mes yeux, mes yeux ont vû l'aſſaſſin de mes fils,
Tranquile en ce palais, inſulter à mes cris,

XERXÉS.

Non : je les vengerai ; comptez ſur ma tendreſſe,
Paſſons chez vous ; venez, trop ſenſible Princeſſe,
Vous y rappellerez vos ſens de leurs frayeurs,
Et j'écouterai mieux vos mortelles douleurs,

Fin du troiſiéme Acte.

* *ils ſe re-*
tirent.

ACTE QUATRIÉME.

SCENE PREMIERE.

ARTABAN, PARMENIS.

ARTABAN.

E précipitez point vôtre retour en
 Grece ;
L'ordre en eſt ſuſpendu. De Sparte,
 avec adreſſe,
J'ai peint, aux yeux du Roi, les
exploits ſi connus ;
J'ai rappellé ces tems, ſi pleins de vos vertus,
Quand Athéne elle-même, aujourd'hui ſi puiſſante,
Vainquoit ſous vos drapeaux, & vivoit dépendante.
,, Cette Athéne, ai-je dit, à préſent à ſes pieds
,, Voit par tout, il eſt vrai, les Grecs humiliez.

„ Mais fi Sparte à foi-même abandonnoit Athéne,

„ Que feroit devant vous cette ville fi vaine ?

„ Voïez , ai-je ajouté , fi le Ciel eft pour vous ?

„ Sparte abandonne Athéne à tout vôtre courroux,

„ Si vous daignez vous-même à fon deftin funefte

„ Abandonner un Grec , que la Grece détefte.

Le Roi fombre & penfif m'écoutoit froidement.

Ce filence, ce froid eft un confentement.

Allez , ofez tenter contre les jours d'un traitre

Un coup, que le Roi même attend de vous peut-être.

PARMENIS.

Et moi je n'attendois ici que vôtre avis :

Vingt bras pour ce grand coup me font déja promis.

Tout eft prêt. Mais le Roi va frémir de l'injure.

Tracé de vôtre main qu'un ordre les raffure.

Vous ferez avoüé , vous pouvez tout ici....

ARTABAN.

Leur courage flottant n'a-t-il que ce fouci ?

Calmes-en les accès ; & sûr de ma puiffance,

N'exige d'autre aveu que nôtre intelligence.

Un homme , tel que moi, qui daigne t'appuïer ,

Tient en main les moïens de te juftifier.

Miltiade paroît : tandis que je l'arrête ,

Toi , profite du tems , puifque ta troupe eft prête.

Thémiftocle eft privé de fon plus grand fecours.

Sa vie eft dans tes mains , termines-en le cours.

D iij

SCENE DEUXIÉME.

MILTIADE, ARTABAN.

MILTIADE.

SEigneur, un sort heureux à mes yeux vous présente,
J'ai deux mots à vous dire , & contre vôtre attente.

ARTABAN.

Parlez, Seigneur. Le feu, dont vos yeux font remplis,
M'a déja trop inftruit , pour en être furpris.

MILTIADE.

Puifque dans mes regards les vôtres ont fçû lire ,
Ma bouche achevera , ce qu'ils n'ont pû vous dire.
Du Grec , vous le fçavez , la retraite en ces lieux
Rend le nom de Xerxés à jamais glorieux.
Elle change fa fuite en un triomphe illuftre ;
Le Trône de Cyrus en tire un nouveau luftre ,
Et devient un azile , aux yeux de l'univers ,
Où la Vertu repofe à l'abri des revers.
Cependant (quelle honte !) Artaban , fon Miniftre ,
Trame , en ce même jour , le coup le plus finiftre.
Jaloux , il veut brifer tous ces lauriers naiffans ,
Dont l'ombre alloit couvrir le Trône des Perfans.

ARTABAN.

Qui.... moi! qu'entends-je ?

MILTIADE.

Oui, vous. Quel autre, que vous-même,
A de Roxane en pleurs aigri le deüil extréme ?
Qui, rappellant par tout des noms trop odieux,
A mis le fer aux mains d'un peuple furieux ?
Qui souléve les Grands ? qui pousse au parricide
Le jaloux Parmenis, & l'auftére Ariftide ?

Mais que prétendez-vous par ces lâches complots ?
Faire de vôtre Roi l'affaffin d'un Héros ?
Lui ravir à jamais le nom de Grand, de Jufte ?
D'un opprobre éternel couvrir fon Trône augufte ?
Fermer l'unique azile ouvert en cette Cour
Aux héros, dont les Grecs fe privent chaque jour ?
Vous-même, ouvrez les yeux, de quelle ignominie
Allés-vous obfcurcir l'éclat de vôtre vie ?
Je ne fuis point injufte, avec affez d'éclat
Vos foins, dépuis vingt ans, avoient fervi l'Etat.
Tant de foins, tant d'honneurs, affez de renommée
Acquife dans la paix, foutenuë à l'armée,
Tout n'aboutira-t-il qu'aux titres abhorrez
D'affreux profanateur des aziles facrez ?

Je ne puis le fouffrir ; je dois, malgré vous-même,
Sauver l'Empire & vous d'une infamie extréme.
Je vais aux yeux du Roi découvrir aujourd'hui

L'abîme, où vous allez vous jetter avec lui.
O, Perfe, je te rends, par ce fervice infigne,
Au-de-là des bien-faits, dont ton Roi m'a cru digne.

ARTABAN.

Je pourrois m'offenfer de ces vives leçons.
Mais je me fens frapé du poids de vos raifons.
Tant d'amitié d'ailleurs, & tant de confiance
Méritent de ma part quelque reconnoiffance ;
J'en fuis touché. Jamais aurois-je dû penfer,
Que ma gloire, en ces lieux, pût vous intéreffer ?
Non que je craigne ici de nuire à ma mémoire ;
La gloire de Xerxés n'eft rien moins que ma gloire,
Seigneur ; nous fommes feuls, je le dis entre nous,
La grandeur d'un Miniftre eft d'ofer de grands coups,
Il fait tort à fon Roi : mais honneur à lui-même.
Il fe fait redouter du moins, fi l'on ne l'aime.
La gloire de fon Prince eft d'être vertueux,
La fienne eft d'ofer tout, pourvû qu'il foit heureux.
Et rien ne nous fait tort dans les efprits des hommes,
Que de ceffer trop tôt d'être ce que nous fommes.
Voilà toute la honte à redouter pour nous.
Des miftéres d'état je ne fuis point jaloux,
Vous le voïez : je parle en Miniftre fincére ;
Vous me fuccéderez peut-être au miniftére,
Vous êtes jeune encor ; je vous dois ces avis.
Des vôtres cependant je connois tout le prix.

Desormais, pour ce Grec me montrant plus facile,

✿✿✿✿✿✿✿✿✿✿✿✿✿✿✿✿✿✿✿✿✿✿✿✿✿✿✿✿✿✿

SCENE TROISIÉME.

MILTIADE, ARTABAN, ARISTIDE.

ARISTIDE à *Miltiade*.

JE vous cherche, Seigneur.... Quoi ? vous êtes
  tranquile,
Et l'on attente aux jours du vainqueur de Naxos ?

MILTIADE.

De Thémistocle ! Et qui ?

ARTABAN.

Qu'entends-je ?

ARISTIDE.

     Oui : ce Héros,
Sur l'ordre de Xerxés, seul & sans défiance,
Passoit chez la Princesse : (à souffrir sa présence
Roxane avoit enfin sçû résoudre son cœur.)
Quand le poignard en main, l'œil ardent de fureur,
D'assassins apostez une troupe perfide
L'arrête, l'investit, leve un bras homicide.
Le Héros prend le fer des mains d'un assassin,
L'arrache, & le lui porte à l'instant sur le sein.
Puis, vient aux conjurez. Fier, il les envisage,

Et reconnoît de Sparte & la main & la rage.
Il en rougit pour elle & de honte & d'horreur.
J'arrive en ce moment : honteux de sa fureur,
Un de ses assassins venoit de me l'apprendre.
Quel spectacle à la fois plus horrible & plus tendre !
Le fer encore aux mains, à ses pieds abbatus,
Ses meurtriers rendoient homage à ses vertus.
Pleins de honte, ils trempoient de leurs larmes améres
Et les pieds du Héros, & leurs mains sanguinaires.
Ce n'étoit plus pour eux ce proscrit abhorré ;
C'étoit le Dieu lui-même à Naxos adoré.

Cependant la Princesse, au tumulte accouruë,
Admire ce spectacle, immobile, éperduë ;
Et porte tour à tour ses regards étonnez
Sur le Héros tranquile, & les Grecs prosternez.
De son étonnement rompant enfin les charmes,
Elle accourt au Héros, qu'elle arrache à leurs larmes,
Et lui prête un azile en son appartement....

MILTIADE.

Souffrez que je m'y rende en ce même moment.

ARISTIDE.

Allez, Seigneur. J'approuve un zéle si sincére.
Moi, je vais du complot pénétrer le mistére.

SCENE QUATRIÉME.

ARTABAN, PARMENIS.

ARTABAN.

ESpoir, frivole espoir ! . . . Mais je vois Parmenis.

PARMENIS.

Le coup vient d'échoüer. Vous avez tout appris :
Aristide, qui sort, a sçû vous en instruire.
Mais à nos hauts desseins ce revers ne peut nuire,
Si, sans nous plaindre ici du Sort injurieux,
Vous voulez profiter d'un moment précieux.
Il faut, sans perdre tems, courir au Roi lui-même,
Feindre pour Thémistocle une tendresse extrême,
Peindre l'horrible coup, que les Grecs aujourd'hui,
Aux pieds même du Trône, ont tenté contre lui.
Alors dites au Prince, " un seul moïen vous reste
„ Pour sauver ce Proscrit d'un péril manifeste.
„ De la guerre nouvelle, où vous vous engagez,
„ Forcez-le d'être chef. Par lui-même vengez,
„ Vos peuples l'aimeront, autant qu'ils le haïssent.

ARTABAN.

Que me propose-tu ? tous mes sens en frémissent.
Moi, je lui céderois un honneur si vanté,

L'objet de tous mes vœux.... Et que j'ai mérité ?

P A R M E N I S.

Calmez vous , & daignez m'écouter en silence.

S'il refuse ; Xerxés , rempli de défiance ,

Frémira de courroux ; & peut-être indigné ,

Retirera l'appui , qu'il verra dédaigné.

A R T A B A N.

Mais si le Grec accepte ?

P A R M E N I S.

      Inutiles allarmes !

Je le connois trop bien ? Né , nourri dans les armes,

Il chérit les combats ; mais il aime encor plus

L'éclat , que sur ses jours répandent ses vertus;

C'est son trésor , ses dieux , c'est son amour unique :

Car ici sans détour avec vous je m'explique.

A R T A B A N.

Mais s'il accepte enfin ?

P A R M E N I S.

     Ah , Seigneur , plût aux Dieux !

Vous seriez trop vengé par ce crime odieux.

Vous perdez, pour un tems peut-être, un rang illustre,

Mais du plus grand des Grecs vous effacez le lustre.

De sa tête perfide à l'instant arrachez

Tombent tous ses lauriers , flétris & dessechez.

D'un Héros généreux , d'un vainqueur indomptable

Vous en faites un lâche , un Traître méprisable.

Sa gloire est dans l'oubli, son grand nom confondu,
Et vous le dépoüillez de toute sa vertu.

Pensez-vous perdre même, après ce coup insigne,
Un rang dont vos travaux vous ont rendu si digne ?
Ah, Seigneur, le perfide, après sa lâcheté,
Haï plus que jamais, par les siens détesté,
Verra cent mille Grecs, obstinez dans leur haine,
Au mépris de leur vie, attenter à la sienne.
Et quand, armé pour lui, vous le protégeriez,
Vous le verrez, l'infâme, expirer à vos pieds.

ARTABAN.

Attend ; je cours au Roi.

SCENE CINQUIÉME.

ARISTIDE, PARMENIS.

ARISTIDE.

QUe viens-je donc d'apprendre ? . . .

PARMENIS *en voyant Aristide.*

Que vois-je ?

ARISTIDE.

Sur un Grec vous osez entreprendre ?
De quel droit, dites-nous, seul, sans nous consulter,
Au sang athénien osez-vous attenter ?

Vôtre Sparte croit-elle , oubliant fa foibleſſe ,
Etre encore aujourd'hui l'arbitre de la Grece ?
A qui d'elle ou de nous obéïſſent les mers ?
De qui prennent la loi tant de peuples divers ?
L'aſpect ſeul du Héros , que vous vouliez détruire ,
De vôtre dépendance auroit dû vous inſtruire.
Son front eſt ceint encor des lauriers , que ſon bras
Moiſſona ſi ſouvent dans vos propres Etats.
Vos lâches aſſaſſins , dans l'ardeur de leur crime ,
Ne l'ont pas oublié ce reſpect légitime.
Allez , allez-les voir , grand éxemple pour vous ,
D'un éxilé d'Athéne embraſſer les genoux.

PARMENIS.

Je ſuis Ambaſſadeur ; vous l'oubliez peut-être.

ARISTIDE.

Puis-je m'en ſouvenir , où je ne vois qu'un traitre ?

PARMENIS.

Je punis un Proſcrit.

ARISTIDE.

                    Non ; vous l'aſſaſſinez.

PARMENIS.

Je fais juſtice aux Grecs , & vous les condamnez ;
Sa tête étoit à prix.

ARISTIDE.

                    Oui : pour des cœurs perfides ,
Qui ſe vendent au crime ; & vivent d'homicides.

Mais un Ambaſſadeur !

PARMENIS.

Oüi : Seigneur, je le ſuis.

Et vous le connoîtrez en Grece, où je vous ſuis.

Là, des Amphictions, nos Juges & nos Maîtres,

Nous ſçaurons s'il eſt beau de protéger les traitres.

ARISTIDE.

Oui : je l'ai protégé, mais comme je le dois,

Contre la perfidie, & non contre les lois.

Je vais même plus loin : je mets au nom d'Athéne,

C'eſt-à-dire, Seigneur, de vôtre ſouveraine,

Je mets ſous le rempart de ſon autorité

Les jours de ce Proſcrit, par vous ſi déteſté.

Je vous défens ici d'attenter à ſa vie,

Ou vous m'en répondrez vous, & vôtre patrie.

De nos Amphictions je connois l'équité.

Et ſçai faire à leurs yeux briller la vérité.

Tremblez.

SCENE SIXIÉME.

LES AMBASSADEURS, THÉMISTOCLE, ROXANE, MILTIADE, ARTABAN.

ROXANE *amenant Thémistocle.*

JE veux au Roi moi-même te conduire,
Je veux de leurs fureurs & me plaindre, & l'inftruire.
Je ne fouffrirai point qu'un infâme affaffin
Profane ma vengeance, en te perçant le fein.
Je veux un facrifice & noble & légitime :
Et je rougirois trop de le devoir au crime.
Satrape, tu m'entends ?

ARTABAN.

Oüi : Madame. Et de plus
Dans ces hauts fentimens j'admire vos vertus.

ROXANE.

Ce ne font pas pourtant ceux, que met en pratique
Dans fes lâches complots ta fombre Politique.

ARTABAN.

Qui ? moi. . . . Madame. . . .

ROXANE.

Oüi : toi. Je fçai tous tes deffeins.
Que n'as-tu dérobé ton nom aux affaffins ?

Ils

Ils l'ont trop prononcé ces cruels , ces parjures ,
Ce nom , digne en effet de leurs bouches impures.
Que voulois-tu ? venger par un coup plein d'horreurs
Les Manes de mes fils , honteux de tes fureurs ?
T'ai-je donné ces foins ? la fille de ton Maître
A-t-elle ici befoin des lâchetez d'un traitre ?

Et toi , Héros fameux , étouffe un vain efpoir ;
Malgré mes foins pour toi , je ferai mon devoir.
Tu n'en feras pas moins , fi l'on céde à mes larmes ,
La victime amenée & dûë à mes allarmes.
Au fer des Conjurez j'ai voulu t'enlever ,
Pour fauver ma victime , & non pour te fauver.
Si je n'euffe accouru , leur jaloufie extréme
T'immoloit à leur Sparte , & non pas à moi-même.
Cet interêt lui feul m'a fait te fecourir ;
Je perdois ma vengeance , en te laiffant périr.
Non que de tes vertus le fpectacle fublime
N'ait juftement pour toi rempli mon cœur d'eftime ,
Quand , te montrant à moi plus grand que tes def-
    tins ,
Mes yeux t'ont vû tranquile entouré d'affaffins.
Je ne m'en défends pas ; mon cœur te fait juftice ;
Je t'admire. Et bien loin que Roxane en rougiffe ,
Ma douleur en triomphe , & fe promet dans toi
Une victime enfin vraîment digne de moi ,
Digne de tous les biens , que m'ont ravi tes armes.

E

Tes nombreuses vertus égalent mes allarmes :
Tes triomphes, mes maux.... Manes saints, ô mes fils!
Vous serez satisfaits. Calmez vos justes cris.

Mais, avant de venger leur douleur & la mienne,
Contre tes assassins je cours venger la tienne.
Attend.

SCENE SEPTIÉME.

ARISTIDE, MILTIADE, PARMENIS,
THÉMISTOCLE, ARTABAN.

THÉMISTOCLE.

AUtour de moi, quels bizarres destins
Assemblent mes amis avec mes assassins ? ...
Satrape, & vous, Seigneur, qui par la perfidie
Croïez de mes exploits venger vôtre patrie,
Vous avez lieu tous deux d'attendre ici de moi
Que je vous rende grace, autant que je le doi.

Artaban, j'avois cru que, l'approchant sans cesse,
La vertu de ton Roi t'inspiroit sa noblesse.
Je me suis abusé. Ta faveur, je le vois,
N'étoit qu'un jeu du Sort, quand il agit sans choix.
Je ne m'étonne pas, qu'aïant l'ame si basse,
Ta lâche ambition ait tremblé pour ta place.

Je t’abandonne en proïe à ton dépit jaloux ;
Ton Roi fera le reste. Adieu.... va, laisse nous. *   * Artaban
    Seigneur, j’excuse en vous un coup plein de furie :   sort.
Je l’ai trop mérité, Sparte est assujetie.
C’est un affront si grand, qu’afin de l’effacer
A toutes vos vertus vous deviez renoncer ;
Et dans vôtre vengeance aïant recours au crime,
De l’univers entier perdre toute l’estime :
Elle est perduë. Allez chez le Grec effraïé
Montrer un assassin, au lieu d’un Envoïé.
Laissez en liberté de ma reconnoissance
Eclater. ...

ARISTIDE.

    Non : arrête un transport, qui m’offense.
Je n’ai rien fait pour toi dans tout ce que j’ai fait.
L’honneur de la patrie étoit mon seul objet.

* * *

SCENE HUITIÉME.

XERXÉS, THÉMISTOCLE.

XERXÉS.

DEmeurez, Thémistocle. Et vous, qu’on se retire.
D’un horrible attentat ma fille a sçû m’instruire.
Je t’en ferai justice, ainsi que je le doi :

Et ma gloire , & tes jours le demandent de moi.
Mais il faut t'avoüer le foin qui me déchire :
Tout ici contre toi fe fouleve , & confpire.
Fameux par nos revers ton nom eft en horreur ;
Ma Cour, ma fille , enfin tout mon peuple en fureur,
Tes Grecs même , tes Grecs , tout en veut à ta vie.
Je crains peu les clameurs , je crains la perfidie.
Que l'univers entier s'arme pour t'opprimer ,
D'un œil ferme & ferain je le verrai s'armer.
Je te protégerai contre la terre entiére.
Mais puis-je te fauver d'une main meurtriere ?
J'y veillerois en vain. La fombre Trahifon
Laiffe dans le repos s'endormir le Soupçon.
Cependant elle approche à pas fourd & timide ,
Et tout à coup au fein plonge un couteau perfide.
    Mais voici ce qu'enfin le célefte fecours
Daigne nous infpirer pour le foin de tes jours.
Il faut rendre aujourd'hui précieufe & facrée ,
A mes fujets du moins , cette tête abhorrée ;
Je veux de mon empire y lier les deftins ,
Ma gloire, ma vengeance, & mes plus hauts deffeins;
Et te rendant ainfi facré comme moi-même ,
Changer pour toi la haine en un refpeét extréme.
C'eft l'unique moïen d'arrêter à jamais
Et les coups violens , & les fombres projets.
Tes propres ennemis , aveuglez par leur rage ,

De ce moïen ſi ſûr m'ont inſpiré l'uſage :
Et ma fille elle-même , avide de ta mort ,
Satisfaite à ce prix , ſe fait un noble effort.

THÉMISTOCLE.

Quel eſt donc ce moïen que le Ciel vous inſpire ,
Seigneur ?

XERXÉS.

Sois le vengeur...

THÉMISTOCLE.

De qui ?

XERXÉS.

De mon empire.

THÉMISTOCLE.

Où ſont vos ennemis ?

XERXÉS.

En Grece , où ſont les tiens.

THÉMISTOCLE.

Ciel !

XERXÉS.

En te vengeant d'eux , cours me venger des miens.
Juſques dans leurs foyers porte , lance ma foudre ;
Je la mets en tes mains : réduis leurs murs en poudre.
Et la Perſe , & ma Cour , & ma fille à ce prix
Me cédent tous leurs droits, étouffent tous leurs cris ;
Et changeant tout à coup leurs clameurs en loüanges,
Tous ſont aſſez vengez , ſi c'eſt toi qui les venges.

Tu te tais ? . . . je te laiſſe y penſer un moment ;
J'attendrai ta réponſe avec empreſſement.
Mais ne prends point conſeil d'une vertu farouche,
Si le ſoin de tes jours, ſi ma bonté te touche.

SCENE NEUVIÉME.

THEMISTOCLE ſeul.

Voilà, voilà le coup, qu'en ſecret combattu,
Mon cœur, dans ſes retours, craignoit pour ma vertu.
Tant que mes ennemis n'en vouloient qu'à ma vie,
Et bornoient leurs fureurs à me la voir ravie,
D'un œil indifférent je voïois à la fois
S'armer contre mes jours les peuples & les Rois.
Mes maux me touchoient peu ; je périſſois fidéle.
Je mourois revêtu de ma gloire immortelle.
J'emportois avec moi les vœux de l'univers,
Et toute ma vertu me ſuivoit aux enfers.
  Mais, Dieux ! Qu'ai-je entendu ? Quelle horrible
      tempête
S'amaſſe de nouveau, gronde autour de ma tête !
Tu veux ſauver mes jours, Xerxés : mais que fais-tu?
L'orage tout entier tombe ſur ma vertu.
Il épargne mes jours, & frape ma patrie.
Ma vie eſt à couvert ; & ma gloire eſt flétrie.

Pour garantir ma tête on m'ôte mes lauriers.
Loin à jamais de moi des soins si meurtriers....
Roxane, je t'entends : tu me laisse la vie ;
Mais tu veux par ma main t'immoler ma patrie :
Tu veux un peuple entier pour victime.... bien plus
Tu prétends t'immoler ma gloire, & mes vertus.
Princesse, ta douleur est trop ambitieuse.
Mais mon ame doit être encor plus généreuse.

Xerxés, si tu m'as vû me taire devant toi,
Ne me fais pas l'affront de douter de ma foi.
Je cherchois mon devoir ; & sans incertitude
Mon ame toute entiere en faisoit son étude.
Je l'ai connu. Mourons... Mais qu'est-ce que la mort?
Non non, il faut finir par un tout autre effort.

Fin du quatriéme Acte.

ACTE CINQUIÉME.

SCENE PREMIERE.

THEMISTOCLE.

Nfin je l'ai trouvé ce secret favora-
    ble,
De sauver & ma gloire, & le Grec
    qui m'accable.
Que je suis bien vengé de ses soup-
    çons ingrats !
Je le sauve, au moment qu'il poursuit mon trépas.
Tu pensois, que pouvant me faire un jour ton maître,
O Grece, je tramois l'affreux dessein de l'être.
Criminel à tes yeux à force d'être heureux,
Tu m'as crû trop puissant pour être généreux.
Livrée à tes soupçons, tu n'as plus voulu croire
Que ma fidélité pût modérer ma gloire ;

Et selon que croissoient mes succès trop connus ;
Tu croïois de mon sein voir s'enfuir les vertus.
Que tu t'és abusée , ô Grece , ô ma patrie !
Jamais d'aucun mortel tu ne fûs plus chérie.
Jamais cœur n'a brulé d'un zéle plus constant.
Que ne peux-tu m'entendre en ce dernier instant !
Je vais par ma réponse , obscure en apparence ,
Du maître de l'Asie enchaîner la vengeance ;
Et le liant des nœuds des sermens les plus forts ,
Lui fermer à jamais le chemin de nos ports.
Le Serment chez le Perse est un arrêt supréme ,
Que dicte par sa voix la voix du Destin même.
Rien n'en peut affoiblir les droits religieux ;
Ce que jure le Perse est juré par les Dieux. . . .

SCÈNE DEUXIÉME.

XERXÉS, MILTIADE, THEMISTOCLE.

XERXÉS.

QUelle réponse enfin vas-tu nous faire entendre ?

THÉMISTOCLE.

Elle est telle , grand Roi , que vous devez l'attendre,
Digne de mes succès , digne de mon courroux,

Et pour tout dire enfin , digne même de vous.
Je vous eſtime trop pour vous en faire une autre.
Trahiſſant ma vertu , je flétrirois la vôtre.

Mais , eſt-il vrai qu'ici vôtre Trône ſacré ,
Ne ſoit pas pour mes jours un azile aſſuré ?
N'eſt-il d'autre moïen , pour conſerver ma vie ,
Que de faire ſerment de perdre ma Patrie ?
Ou ne voudroit-on point , abuſant de mes maux ,
Par de feintes terreurs allarmer mon repos ?

X E R X É S.

Moi , que j'oſe abuſer du malheur qui t'opprime !
Trop inſtruit par les miens , je m'en ferois un crime.
Crois-tu que ton grand nom aît ſeul touché mon
       cœur ?
Banni de tes eſprits une ſi vaine erreur.
J'eſtime le mérite , il me touche ſans peine ;
Mais ton mérite heureux eut ranimé ma haine :
Et malgré tes exploits en tous lieux ſi vantez ,
Rends grace à tes revers de toutes mes bontez.

Oüi : je te le redis. Je crains tout pour ta tête.
Ton ſerment peut lui ſeul conjurer la tempête.
Lui ſeul , de mes ſujets t'atirant les reſpects ,
Ne te laiſſe en cés lieux d'ennemis , que tes Grecs.

T H É M I S T O C L E.

Puiſqu'à cé terme affreux ma fortune eſt réduite ,
Il faut de vos ſoldats accepter la conduite. . . .

MILTIADE.

Ô crime !

THÉMISTOCLE.

Mais avant que d'en donner ma foi,
De la vôtre à mon tour j'ose exiger, grand Roi,
Pour calmer dans mon cœur la crainte qui le presse....

XERXÉS.

Parle, qu'exige-tu ?

THÉMISTOCLE.

Seigneur, une promesse.
Sous un chef étranger l'indocile soldat
Ne va, vous le sçavez, qu'à regret au combat.
De son obéïssance il se fait un outrage,
Et met toute sa gloire à manquer de courage.
Il suit bien plus encor ce caprice odieux,
Quand le Monarque absent ne voit rien de ses yeux ;
Et que loin des climats, où combat son armée,
Il n'est instruit de tout que par la Renommée.
   Jurez moi donc, Seigneur, que tant que les des-
      tins
Conserveront le Sceptre en vos augustes mains,
Jamais, malgré l'ardeur dont vôtre ame est saisie,
Vous ne ferez sans moi la guerre à ma patrie.
A ce prix, je suis prêt de me sacrifier.

MILTIADE.

Quoi, jusqu'à cet excès le lâche s'oublier

X E R X É S.

Oüi, je te le promets ; je veux plus faire encore,
Je veux, aux pieds des Dieux que l'un & l'autre adore,
Tous deux nous enchainant du plus sacré lien,
T'y donner mon serment, & recevoir le tien....
A Mil- Qu'on dresse les Autels. *
de.

SCENE TROISIÉME.

XERXÉS, MILTIADE, THÉMIST.
HYDASPE.

H Y D A S P E.

La Princesse allarmée,
Des réponses du Grec brûle d'être informée.
Elle m'envoïe à vous, Seigneur, pour les sçavoir.

X E R X É S.

A Mil- Je l'en informerai. Toi *, prend soin de pourvoir
de. A l'appareil sacré de la cérémonie.
Je vous laisse tous deux.

SCENE QUATRIÉME.

THEMISTOCLE, MILTIADE.

MILTIADE.

O, honte ! ô perfidie !
L'honneur, l'appui des Grecs, démentant ſes vertus,
Arme contre eux le bras qui les a deffendus !
Non, non ; ce n'eſt point toi, que jadis la Victoire
Aux rives de Naxos couvrit de tant de gloire.
Jamais des Eubéens le détroit glorieux
Ne t'a vû dans un jour trois fois victorieux.
Tu n'és point ce Héros, qu'au-de-là du Boſphore,
Renfermé dans Sardis, Xerxés fuïoit encore.
Ta ſacrilége audace a pris dans ces climats
Ce redoutable nom, que tu ne ſoutiens pas.
Non : jamais autrefois, quoique tu l'oſe dire,
Mon pére à Marathon ne prit ſoin de t'inſtruire.
Dans les cœurs qu'il formoit conſtamment ſoutenu,
Son généreux exemple y fixoit la vertu.
La tienne ſe dément.

THÉMISTOCLE.

Moins que tu ne peux croire,
Et jamais je ne fus plus fidéle à ma gloire.

Suspends , cher Miltiade , un reproche honteux;
Je suis plus ferme encor , que je ne fus heureux.
Disciple à Marathon de ton illustre pére ,
Tu verras si mon cœur l'oublie & dégénére.
Aux pieds du saint autel , témoin de mon serment ,
Tu connoitras bientôt si mon cœur se dément.
N'exige rien de plus de ma juste tendresse :
Je crains la tienne. Va ; le Roi , l'heure nous presse.

MILTIADE.

Mais , quel est ce mystére ?

THÉMISTOCLE.

       Adieu , je vois vers nous
S'avancer Aristide enflammé de courroux.

SCENE CINQUIÉME.

THEMISTOCLE, ARISTIDE.

ARISTIDE.

J'Allois revoir ces bords , pour vous si pleins de
  charmes ,
Que vôtre bras jadis sauva de tant d'allarmes ;
Et vous peignant fidéle au fort de vos malheurs ,
Peut-être à tous les Grecs faire verser des pleurs.
Mais quel bruit odieux , quelle étrange nouvelle !

Thémistocle n'est plus qu'un lâche, qu'un rebelle!
O mers de Salamine! ô plaines de Naxos,
Trop illustres témoins de ses fameux travaux,
Vous reverrez encor ce vainqueur indomptable:
Mais vil chef des Persans, mais perfide & coupable...
    Va, puisque tu le veux, traitre à tes citoïens,
Venger, chef des Persans, leurs affronts & les tiens.
Mais sache, en les vengeant, que tu les multiplies :
Que Sparte est dans son droit, que tu la justifies.
Helas, en abordant nos fortunez climats,
Malheureux, sur quels bords porteras-tu tes pas,
Que ton pied criminel au même-tems n'efface
De tes nombreux exploits quelque immortelle trace ?
Sera-ce à Marathon, que tu prétends venir ?
Tu n'appris là qu'à vaincre, & non pas à trahir.
Est-ce au cap d'Arthémise, est-ce vers le Bosphore ?
Au seul bruit de ton nom tout y frémit encore.
O, que tu rougiras, quand tes yeux y verront
Xerxés en approcher la pâleur sur le front !
Sur quelque endroit enfin que se porte ta vûë,
Tu verras devant toi fuir ta gloire éperduë.
Et je me flatte encor, que ton premier bonheur
Y fuira tes drapeaux, te voïant sans honneur.
Et cessant d'être ensemble heureux & magnanime,
La honte te suivra : c'est la suite du crime.
Adieu.

THÉMISTOCLE.

Cher Ariftide, arrêtez. Je ne veux

Qu'un moment d'entretien ; accordez-le à mes vœux.

 Vous voïez, où du Sort l'injuftice importune

A, d'abyme en abyme, amené ma fortune.

Tout eft contre mes jours hautement foulevé.

Je touche au terme affreux qui m'étoit réfervé.

La Grece me pourfuit, la Perfe me détefte.

Ce n'eft pas tout. Un coup mille fois plus funefte

Menace ma vertu d'un opprobre éternel.

Il faut périr fidéle, ou vivre criminel.

Si j'accepte le rang où le Perfe m'appelle,

Je vis malgré nos Grecs, mais je vis infidéle.

Dans ce double danger de vivre ou de périr,

Parlez : que dois-je faire, Ariftide ?

ARISTIDE.

Mourir.

THÉMISTOCLE.

Ah, je vous reconnois à ce noble langage.

Mais, qu'eft-ce que mourir quand je puis davantage?

Thémiftocle en effet n'auroit-il tant de fois

Humilié l'orgueil des plus fuperbes Rois,

Que pour ne terminer & fa gloire & fa vie,

Que comme un Grec fans nom, qui meurt pour fa

  patrie ?

Ce que tout autre fait eft-il digne de lui ?

Et

t n'attend-t-on de moi rien de plus aujourd'hui ?
a mort ne suffit point à mon noble courage ;
  on zéle pour les Grecs s'eft accrû de leur rage.
i je veux jufqu'au bout être ce que je fus,
  ourir n'eft point affez ; il faut faire encor plus.
  De la foudre qui brille & gronde fur fa tête
l faut fauver la Grece, à périr toute prête.
Guéri de fa fierté par fes propres revers,
Xerxés fçait le grand art de nous donner des fers.
l a moins de foldats, de vaiffeaux, de puiffance ;
Mais il a moins d'orgueil, & plus d'expérience.
Avec des armes d'or combattant contre nous,
l achéte en fecret nos ennemis jaloux.
Et voilà le péril qui m'allarme... & qui preffe.
Mourir ! Et qui, Seigneur, ne meurt pas pour la
        Grece ?
Par un coup plus utile il faut la fecourir,
Et je perdrois ma mort ne faifant que mourir.
  Allez, Seigneur, allez. Fiez-vous à ma gloire.
Ce jour va me fournir ma plus belle victoire.
Le fens de ma promeffe échape à vos efprits :
Le tems éclaircira ce qu'ils n'ont pas compris.
N'exigez point de moi que je vous l'éclairciffe,
Peut-être, dès ce jour, vous me rendrez juftice.
Le Grec ne fut jamais fi cher à mon amour ;
e le fervis jadis, je le fauve en ce jour.

                                      F

ARISTIDE.

Seigneur, de ce difcours, dont le fens m'inquiéte,
Vos vertus pourroient m'être un fidéle interpréte,
Je n'ofe cependant, puifque vous le voulez,
Pénétrer des fecrets, que vous tenez voilez. . . .
Mais que vois-je ? * Et pourquoi fous ce vafte portique
Dreffer de ces Autels l'appareil magnifique ?
Pourquoi ces Prêtres faints, & ces feux folemnels?...

*Des Prê-
tres s'avan-
cent &
dreffent
deux Au-
tels.

❈❈❈❈❈❈❈❈❈❈❈❈❈❈❈❈❈❈❈❈❈❈❈❈❈❈❈

SCENE SIXIÉME.

XERXÉS, THÉMISTOCLE, ARISTIDE, MILTIADE, ARTABAN, *les Prêtres.*

XERXÉS, *à Ariftide.*

DEmeure, Athénien. Il faut qu'à ces autels,
Où nous allons des Grecs jurer la perte entiere,
Je te faffe aujourd'hui ma réponfe derniere.....
Que l'Envoïé de Sparte y foit préfent auffi.
Qu'on l'amene.

ARISTIDE.

Ah, Seigneur, que puis-je faire ici ?
Permettez-moi de fuir l'afpect d'un facrifice,
Dont plus d'un trifte objet va me faire un fupplice.
La ruine des Grecs, que vous allez jurer,

N'eſt pas ce qui pourroit me le faire abhorrer.

Vos ſermens à la Grece ôtent-ils ſon courage ?

On peut ſans l'aſſervir jurer ſon eſclavage :

Et ſe rendant parjure aux yeux des Immortels ;

Fuir au combat ces Grecs , qu'on bravoit aux autels.

❀❀❀❀❀❀❀❀❀❀❀❀❀❀❀❀❀❀❀❀❀❀❀❀

SCENE SEPTIÉME.

PARMENIS, ARISTIDE, MILTIADE, XERXÉS, THÉMISTOCLE, ARTABAN, les Prêtres.

XERXÉS.

APproche , Spartiate. Il faut enfin te rendre

La réponſe , qu'aux tiens tu pourras faire entendre.

Ecoute les ſermens que je vais prononcer ;

Ils t'apprendront aſſez ce que je dois penſer.

PARMENIS.

Ils m'apprendront, Seigneur, qu'en ſon ſein peu fidéle

Athéne nourriſſoit un perfide , un rebelle ;

Que Sparte , avec raiſon , s'éleva contre lui.

Enfin , tel qu'il étoit , il ſe montre aujourd'hui.

Tout entier au grand jour ſon crime va paroitre ;

Ces autels vont frémir des noirs ſermens du traître.

ARISTIDE.

Parmenis , suspendez un triomphe trop prompt.
Qui soupçonne un Héros se prépare un affront.

XERXÉS.

Grecs, calmez l'un & l'autre une aigreur trop altiére.
Vous , Ministres du Dieu, qui répand la lumiere ,
Versez sur cette flâme un encens précieux :
C'est l'unique présent agréable à ses yeux.
Le sang des animaux , que le fer sacrifie ,
Ne sçauroit plaire au Dieu , source unique de vie. *
» Brillant Pére du jour, qui du plus haut des Cieux
» Proteges de Cyrus le Trône glorieux ,
» Des sermens que je fais sois le témoin fidéle.
» Je jure à tous les Grecs une guerre immortelle ,
» Mais au vaillant Héros , jusqu'ici leur appui ,
» Qui me promet son zéle & son bras aujourd'hui ,
» Je fais à cet autel l'éclatante promesse
» De ne porter le fer qu'avec lui dans la Grece.
» Ainsi puisse , grand Dieu , s'élever jusqu'à toi
» Ce parfum précieux , sûr garant de ma foi.
» Si j'osois la trahir , qu'en horrible tempête
» Cette douce vapeur retombe sur ma tête.

J'ai dit. Pontifes saints , pour scéller mes sermens,
De nouveau sur ces feux répandez vôtre encens.

THÉMISTOCLE *à Xerxés.*

Avant qu'à cet autel à mon tour je m'engage ,

** Les Prê-
tres ver-
sent l'en-
cens.*

Que ne puis-je vous rendre un juſte témoignage !

Heureux, ſi je pouvois, pour garant de ma foi,

Rendre à Roxane encor celui que je lui doi !

Cette main, ſi long-tems ſource de ſes allarmes,

Pour les venger enfin prend aujourd'hui les armes.

Le-ſang de la victime eſt tout prêt à couler ;

Peut-être cet objet, propre à la conſoler,

Flateroit ſa douleur. . . . .

X E R X É S *à Miltiade.*

Amenez la Princeſſe. *   * Miltiade

T H É M I S T O C L E *la main ſur l'autel.* ſort.

„ Chére Athéne, la gloire & l'appui de la Grece,

„ C'eſt à toi que ma main éleve cet autel.

„ Tes citoïens jaloux me veulent criminel.

„ Mes ſuccès trop brillants m'ont fait croire perfide.

„ L'étois-je ? Il faut enfin que ce jour en décide.

„ Helas, tant de travaux, tant d'exploits, tant de

„   ſoins,

„ Etoient de ma vertu d'aſſez dignes témoins.

„ Quand j'ouvris en naiſſant les yeux à la lumiere,

„ Les Grecs, preſque inconnus, rampoient dans la

„   pouſſiere.

„ Le Perſe les tenoit abbatus à ſes pieds.

„ Athéne gémiſſoit ſous ſes fiers Alliez.

„ Graces aux Immortels, de la Grece & d'Athéne

„ J'ai changé la fortune. Athéne eſt ſouveraine ;

F iij

,, La Grece reçoit d'elle & l'exemple & la loi.

,, Nos vaiſſeaux triomphans portent par tout l'éffroi.

,, Nos forts ſont relevez ; & juſques au Pirée *

,, J'ai pouſſé de nos murs l'enceinte réparée.

,, Sparte même obéït. Tant de travaux fameux

,, Auroient dû diſſiper des ſoupçons trop honteux.

,, Mais cette coupe enfin, conſacrant la victime,

,, Va me rendre du monde & les cœurs & l'eſtime....

Verſez * le vin ſacré, qu'il faut répandre ici.

XERXÉS, aux Prêtres.

Où donc eſt la victime ? il eſt tems....

THÉMISTOCLE, après avoir bû la coupe.

La voici.

XERXÉS.

La voici ! Quel diſcours ? voudroit-il me ſurprendre ?

ARTABAN.

Il boit la coupe ſainte , au lieu de la répandre !

ARISTIDE.

Quel ſoupçon dans mon cœur s'éleve de nouveau ?

THÉMISTOCLE.

En montrant ſa main à Ariſtide.

Grace au puiſſant ſecours , que cachoit cet anneau ,

Ne crains plus deſormais pour moi , pour la patrie,

Ami. D'un ſuc mortel la coupe étoit remplie.

ARISTIDE.

Ah , ciel !

* Port d'Athéne.

* Aux Prê-
tres, en leur
préſentant
la coupe.

XERXÉS.

Qu'entends-je, ô Dieux !

PARMENIS.

O, courage parfait !
Quelle honte pour Sparte !

XERXÉS.

Ah, cruel, qu'as-tu fait !
Je reconnois trop tard ta généreuse adresse ;
Par mes propres sermens tu me fermes la Grece.

ARISTIDE.

Vivez, Héros.

THÉMISTOCLE.

Envain tu veux me secourir.
C'en est fait. Cette main, fidéle à me servir,
N'a point, en l'immolant, épargné la victime.
Xerxés, de mon trépas ne me fais point un crime,
Ma vertu l'exigeoit ; les Dieux m'en sont témoins,
Je meurs, pour ne pas vivre indigne de tes soins.
Un Roi si généreux qu'eût-il fait d'un perfide ?
Souvien-toi seulement, que si l'honneur te guide,
Tu ne peux plus porter la guerre en mon païs ;
Ma mort brise en ta main le foudre qu'elle a pris.
J'expire.... Garde-moi ta parole sacrée.
Par tes rares vertus mon ame rassurée
Emporte chez les Morts ce consolant espoir.

F iiij

XERXÉS.

Oui : tu peux l'emporter ; je ferai mon devoir.
La Grece m'est sacrée. Expire sans allarmes ;
Ta vertu de nouveau la sauve de mes armes.
Mais qui me sauvera de l'éternel regret
De perdre, en l'acquerant, un ami si parfait !
Dieux, en nous le montrant si digne qu'on l'admire,
Le deviez-vous sitôt ravir à mon empire !

THÉMISTOCLE.

*A Aris-
tide.

Ah, je meurs trop heureux !... * dans ce dernier
   moment
Accordez-moi, Seigneur, un tendre embrassement.
Que je meure à la fois, moi, qu'on a crû perfide,
Et le salut des Grecs, & l'ami d'Aristide.
Daignez à Miltiade exprimer la douleur....
Ah, je le vois ; il vient, & comble mon bonheur.

SCENE HUITIÉME.

ROXANE, MILTIADE, PARMENIS, THEMISTOCLE, ARISTIDE, XERXÉS, ARTABAN, *les Prêtres.*

THÉMISTOCLE.

Vien, mon fils.

MILTIADE.

O, douleur !

ROXANE.

Quelle main parricide ? ...

THÉMISTOCLE *à Miltiade.*

Vien, reçoi dans ton sein, où la vertu réside,
L'ame d'un tendre ami, toûjours digne de toi.

MILTIADE *en se jettant à ses genoux.*

O, mon Pére !

THÉMISTOCLE *apercevant Roxane.*

Princesse, est-ce vous que je voi ?
Vôtre deüil est vengé. ...

ROXANE.

Qui l'a vengé ?

THÉMISTOCLE.

Moi-même.

ROXANE.

Cruel ! ... tu mets le comble à ma douleur extréme;
Soleil, à quel excès portes-tu mes malheurs ?
L'assassin de mes fils est digne de mes pleurs !

MILTIADE.

Il expire, Seigneur. ... *

XERXÉS.

Miltiade, à sa cendre
Rendez tous les honneurs qu'il a lieu de prétendre.
Et que sur le tombeau de ce fameux mortel

* *On l'en-
méne.*

Soit verſé d'Artaban tout le ſang criminel :
Gardes, qu'on l'y conduiſe. Et toi, Grec, cette èpée
Du ſang athénien ne ſera plus trempée.
Les bords, où Thémiſtocle ouvrit jadis les yeux,
ſont pour moi le ſéjour des Vertus & des Dieux.

FIN.

LETTRE

DE L'AUTEUR

A

MONSIEUR DU LIEU,

Chevalier d'honneur de la Cour des Monnoyes & Préſidial de Lyon.

OUS ſouhaitez, MONSIEUR, que je vous rende raiſon de mon ouvrage : & que je réponde aux critiques bien ou mal fondées, qu'on m'a faites. Vous voulez voir ſi vos raiſons feront les miennes. Seurement, ſi les miennes ſont vraïes, elles ſe rencontreront avec les vôtres. Je connois la ſolidité de vôtre eſprit, & la juſteſſe de vôtre goût. Peu de perſonnes entendent mieux le Théatre. Si la connoiſſance des régles vous eſt peut-être un peu moins familiére, qu'à ceux du métier, vous avez le difcernement de ce qui convient ou ne convient pas fi prompt & fi sûr, que vos décifions par fentiment valent mieux fouvent que les réflexions les plus mefurées. Je l'ai éprouvé cent & cent fois, lorfque je vous ai confulté dans les progrés de mon travail ; & j'ai vû par expérience, qu'Ariftote ne me guidoit pas toûjours auffi feurement par fes principes & par fes raifonnemens, que vous, tantôt par vos répugnances, & tantôt par les falies d'une fubite fatisfaction. Je n'aimois rien tant que de furprendre vos premiers mouvemens : j'étois sûr que c'étoient ceux de la nature la plus heureufe ; & foit dit à la honte non de la raifon, mais du raifonnement, je ne fçai s'il y a de meilleure régle du Vrai & du Beau. Pardonnez-moi ce court témoignage, que l'eftime & la reconnoiffance m'arrachent malgré vous.

Je dirai peu de chofe fur l'évenement, qui fert de fond à cette Tragédie : c'eft un trait de l'hiftoire Grecque, trop célèbre pour être ignoré par aucun de mes Lecteurs. Je m'expliquerai feulement, & fur l'occafion qui m'a déterminé à le traiter, & fur la maniere dont je l'ai traité. L'un & l'autre pourront fournir quelques réflexions, qui peut-être ne feront pas tout-à-fait inutiles : feule raifon, à mon avis, qui peut juftifier les préfaces ; car la lettre, que je vous écris, en aura tout l'air.

I. Le fujet de Thémiftocle, quoi qu'extrémement riche pour le fond du tableau, m'avoit toûjours rebuté par un endroit fâcheux, qui feul dégradoit fur la Scéne la majefté de cet évenement : c'étoit le repentir du Héros. Thémiftocle, difent prefque tous les Hiftoriens, retiré à Suze avoit promis folemnellement à

Xerxés, qu'il prendroit les armes contre la Grece sa patrie, & qu'il iroit, à la tête des Perses, venger leurs affronts & les siens. Mais bientôt honteux & au deséspoir d'une démarche si indigne de sa gloire, il s'en punit en se donnant la mort. Cette alternative de vice & de vertu, de lâcheté & de courage, quoiqu'elle ne soit que trop dans la nature, étoit pourtant peu convenable à la gravité du Théatre ; qui veut les hommes, non pas tels servilement qu'ils sont en effet soit pour le bien soit pour le mal, mais comme ils doivent être imaginez dans un point de vûë aussi élevé, que l'est de sa nature la Scéne tragique. Ce n'est pas que le repentir ne puisse réussir quelquefois ; mais quand on veut l'y mettre, il faut que la faute, sur-tout si elle est d'un certain caractére, soit anterieure à la représentation, & non du corps de la représentation même. Un Héros peut y porter les regrets d'une faute, qu'il a faite précédemment : mais il n'y doit pas faire la faute, dont il va un moment après se repentir. Ce changement, quoique loüable d'un côté, car il est toûjours beau de se reconnoître, indispose pourtant contre le Héros. Son passage sur la Scéne du bien au mal par sa chute, & du mal au bien par son repentir, fait dans l'esprit des Spectateurs succéder *l'horreur* à l'estime, ce qui est tragique : & le mépris à *l'horreur*, ce qui ne l'est plus. Le scélérat qui se soûtient est plus supportable encore, parce qu'il a la gravité, que la Scéne exige. Phédre apporte sur la Scéne l'amour criminel qu'elle a conçû pour Hippolite, elle ne l'y prend pas; & ensuite même, quand elle en a connu toute l'horreur, elle en témoigne bien plus de honte que de repentir, & de deséspoir que de regret. Sa confusion ne tourne point au profit de ses mœurs. Elle veut obſtinément le crime, qu'elle rougit de vouloir. Cela eſt dans le grand goût du Dramatique : & ce ſage ménagement n'eſt pas une des moindres preuves du jugement ſûr & exquis de Mr Racine. Cet exemple appuie fort ma réflexion, qui, toute nouvelle qu'elle eſt, n'en eſt pas moins vraïe. Toutes les véritez ne ſont pas dites : nous tenons les principes ; mais les conſéquences particulieres, ou les véritez de détail, ſont infinies.

Or, pour revenir au repentir de Thémiſtocle, je l'approuvois dans l'hiſtoire, & je le craignois ſur la Scéne. Le Héros n'avoit, par ce changement, ni toute la vertu d'un citoïen, qui ſacrifie ſes reſſentimens à ſon devoir ; ni tout l'emportement d'un ennemi, qui ſacrifie ſon devoir à ſes reſſentimens. L'un auroit jetté ſur la Scéne un grand interêt d'*Admiration* : & l'autre un auſſi grand interêt de *Terreur*. Mais Thémiſtocle, par ſon repentir, étouffoit l'un & l'autre : il n'étoit plus ni admirable, ni terrible, ni conſtamment vertueux, ni opiniâtrément irrité ; & par ce ſeul endroit il n'étoit plus digne de la Tragédie. Qu'on liſe le Thémiſtocle de Mr. *Du Ryer*. C'eſt une piéce fort médiocre, quoi qu'elle ait viſiblement ſervi de plan à l'*Alcibiade* : mais ſon défaut dominant, c'eſt le repentir de Thémiſtocle. Ce Héros commet ſur le Théatre le crime de perfidie, & il s'en repent ſur le Théatre. Il dément, aux yeux même des Spectateurs, ſa vertu & ſa gloire, juſqu'à jurer la perte des Grecs : il dément ſa promeſſe, juſqu'à ſe repentir d'avoir promis : coupable & repentant ſans dignité, quel ſpectacle !

J'en étois à ces réflexions, & je n'oſois aller plus avant, quand il me vint en penſée de revoir ce que Valére Maxime diſoit de Thémiſtocle. Quoique

cet Écrivain foit fouvent un peu déclamateur , néant-
moins il a ramaffé les faits principaux fur de bons
mémoires , & il penfe quelque fois avec force. Je lûs
deux ou trois fois ces belles paroles , *THEMISTO-
CLES, quem virtus fua victorem , injuria Patriæ Impe-
ratorem Perfarum fecerat , ut fe ab eâ oppugnandâ abf-
tineret , inftituto facrificio , exceptum pâterâ tauri fan-
guinem haufit , & ante ipfam aram , quaſi quadam pie-
tatis clara victima , concidit. Quo quidem tam memora-
bili ejus exceffu , NE GRÆCIÆ ALTERO THE-
MISTOCLE OPUS ESSET , effectum eſt.* Cette
derniere penfée m'arrêta toûjours , j'y entrevoïois
quelque chofe de particulier : & quoique la phrafe en
foit très nette grammaticalement prife , elle étoit fort
obfcure quant au fait hiftorique qu'elle fuppofe. Je
ne pouvois y démêler la raifon pourquoi, par la mort
de Thémiftocle , un fecond Thémiftocle n'étoit plus
neceffaire à la Grece pour la déffendre contre Xerxés.
Ce Roi ne pouvoit-il pas encore y porter fes armes ?
Il n'avoit plus de Thémiftocle pour général , il eſt
vrai ; mais auffi il n'en auroit point eu pour adver-
faire. On juge bien que les Commentateurs ne m'auroient pas tiré d'affaire ; il y avoit là une véritable difficulté. Enfin j'en découvris le vrai fens à la faveur
d'une tradition particuliere fur la mort de Thémiftocle , que le feul *Diodore* de Sicile nous a confervée ,
& par laquelle on voit clairement, ce que Valére Maxime fupprime. La raifon que *Diodore* en apporte eſt
dans le livre XI. N°. 12. Je ne la mettrai point
ici , elle inftruiroit trop le Lecteur , & lui déro-
beroit d'avance la douce inquiétude de la fufpenfion ,
& le plaifir de la furprife. Cette rencontre fit ceffer
toutes mes répugnances pour un fujet , qui n'avoit
que ce défaut : Et ce qu'on appelle le repentir de

Thémiftocle fe trouvant n'être plus qu'une heureufe adreffe que l'amour de la patrie, la vertu la plus fublime & le génie de la nation avoient infpiré au Héros Grec, je me livrai à tout l'avantage de mon fujet, que n'alteroit plus la foibleffe de la cataftrophe. Car pour conclurre cet article par une réflexion où je veux venir, parce qu'elle le rend utile : il ne faut jamais s'embarquer à traiter un fujet, qui a un défaut effentiel. Toutes les reffources de l'art & du génie n'y feront jamais emploïées qu'à pure perte. Que d'éfforts inutiles n'ont par faits & Corneille pour fa *Théodore*, & Racine pour fa *Bérénice*, l'un pour couvrir la honte de fon fujet, & l'autre pour en relever la petiteffe ?

I I. Cependant, malgré la précaution que j'ai prife, il femblera peut-être refter encore une occafion à un doute defavantageux à la vertu de Thémiftocle : doute que fa réponfe artificieufe fait naître dans les efprits. Il femble s'engager à la ruine de fa patrie, & s'y engager par une propofition équivoque. L'un fait tort à fa gloire, & l'autre à fa probité. Mais en examinant de près ce prétendu doute & le double fens de la propofition qui le caufe, je m'apperçûs aifément que l'un & l'autre, loin d'affoiblir le dénoüement, lui prêtoient une nouvelle force, parce qu'ils n'étoient rien moins en effet, que ce qu'ils paroiffoient être. Car, pour commencer par *l'ambiguité de la réponfe*, cette ambiguité n'eft qu'un innocent artifice, dont l'obfcurité reffemble bien plus au double fens des Oracles qui impofe un pieux refpect, qu'à une véritable équivoque qui révolte la probité. De plus cette ambiguité eft ici parfaitement dans le génie des Grecs, & elle caractérife la vertu

de

de cette nation fpirituelle , en la diftinguant de la franchife romaine. *Régulus* , par exemple , auroit refufé nettement ; mais par fa réponfe précife il n'auroit fauvé que fa vertu , fans fauver fa patrie. Auroit-il mieux fait ? Un Héros Grec , avec le même degré de vertu & de courage , a plus d'efprit & de cette adreffe compatible avec la probité. La vertueufe *Andromaque* , dans la Tragédie de ce nom , ufe d'un déguifement pareil : & il lui fied bien , parce qu'il eft dans le génie de fon païs , même pour les femmes. Mr. Racine ne l'auroit pas mis dans la bouche d'une *Emilie* : il connoiffoit trop bien ces différences de la vertu dans les deux nations.

Quant au *doute* fur la vertu de Thémiftocle , il s'en faut beaucoup, que ce ne foit un véritable doute : Ce n'eft qu'une fimple , mais vive inquiétude , qui vient de la curiofité fortement excitée , & qui n'affirme rien contre l'honneur du Héros: ce qui eft le degré le plus haut peut-être , où puiffe monter la fufpenfion théatrale. Car alors le fpectacle s'empare de l'ame toute entiere , & la livre en proïe à mille émotions différentes. Dans cet état, elle n'ofe foupçonner un Héros, qu'elle admire : & pourtant elle eft en peine pour fa vertu L'ame revient fur le paffé , elle examine la fituation préfente , elle court au devant de ce qui doit arriver : elle brûle de fçavoir , & n'ofe douter. Tour à tour elle vole & revole rapidement du premier acte au dernier : c'eft un flus & reflus de penfées & de fentimens oppofez. Voila ce que c'eft que ce prétendu doute , quand on veut l'analyfer. Ce qui m'a fait faire une réflexion propre à rendre plus retenus , s'il étoit poffible, ces Critiques plus décififs qu'éclairez , c'eft , qu'à parler en général , les grandes beautez font d'ordinaire très-voifines & com-

G

me à côté des grands défauts : alors l'ombre de
de ceux-ci tombant , pour ainſi dire , ſur celles-là ,
elle leur en donne une légére apparence , qui fait
prendre le change à ceux ſur-tout qui ont l'eſprit
prévenu de quelque interêt. C'eſt ainſi que ſur la fin
du ſiecle paſſé une perſonne , qui avoit infiniment de
l'eſprit , & qui par cet avantage étoit la gloire de
ſon ſexe , prit pour un inſipide galimatias la plus
belle Scéne qui ſoit jamais ſortie des mains de Mr.
Racine , *n'allons pas plus avant.* . . . C'eſt où la jet
ta , contre ſon propre goût , ſa prévention en faveur
de *Pradon.*

I I I. Pour donner plus de variété à la Scéne par le
contraſte des caractéres , j'ai fait entrer dans mes
perſonnages le fameux Ariſtide , ſurnommé *le Juſte*,
ennemi & rival éternel de Thémiſtocle : mais d'un
ordre de vertu tout différent. Il fut de ſon tems le
Caton des Grecs, tandis que Thémiſtocle en étoit le
Scipion. J'ai fait d'Ariſtide l'Ambaſſadeur d'Athéne,
& je le mene à Suze pour y demander la tête de Thémiſtocle , que la Grece avoit proſcrit. C'eſt là peut-
être l'unique choſe qui ſoit de pure invention ; car
pour Miltiade le jeune , il appartient en premier
à *Herodote* , qui me l'a fourni. Quant à la jalouſie
des deux Républiques *Athéne* , & *Sparte* : Elle étoit,
au tems dont je parle , à ſon plus haut point d'aigreur du côté de Sparte. Elle avoit même fort altéré
dans les cœurs des Spartiates la droiture des mœurs
anciennes & l'amour des vertus extrêmes. Comme
l'envie eſt une paſſion baſſe , & qui porte à tout,
parce qu'elle ſuppoſe dans ceux, dont elle s'eſt empa-
rés, une ame déja dégradée, je n'ai pas craint , malgré ſa réputation d'auſtérité, de peindre Sparte moins

vertueufe. Auffi fut-ce en ce fiécle - là qu'éclatérent dans cette févére République les plus grands fcandales. *Paufanias*, un de fes Rois, ofa bien former l'indigne deffein de livrer la Grece aux Perfes. Et fans doute qu'il eut pour complices plus d'un de ces rigides républiquains. Les Rois ne font guére feuls, ni dans le bien, ni dans le mal qu'ils font.

J'ai changé quelques circonftances à la maniere dont Thémiftocle s'empoifonne dans l'hiftoire. Pour faire cet empoifonnement fans miniftre & fans confident, & par là d'une façon plus propre à entretenir la fufpenfion, je lui mets au doigt une de ces bagues fi familiéres aux Anciens, dans le chatton defquelles ils avoient toûjours du poifon renfermé, qu'ils fuccoient dans le befoin, ou qu'ils trempoient dans la coupe qu'on leur préfentoit. Cet ufage eft fi connu que je mets ici, plûtôt pour l'agrêment que pour la néceffité de la preuve, le paffage de Pline qui en fait mention, *Alii*, dit cet Hiftorien de la Nature, *fub gemmis venena cludunt, annulofque mortis gratiâ habent.* C'eft ainfi que s'empoifonnerent, & le plus grand Capitaine, & le plus éloquent Orateur de l'Antiquité, *Annibal* & *Démofthéne.* Je ne crains donc plus qu'on me faffe fur ce point de fait aucune nouvelle critique.

I V. On m'en a fait une autre, qui d'abord paroît mieux fondée : Elle eft appuiée fur une des plus judicieufes régles du Théatre. Thémiftocle, dit-on, ne fe trouve coupable d'aucune faute qui lui ait, du moins en partie, mérité fon malheur. Je fuis furpris que le plus heureux avantage attaché à mon fujet ait échapé à la pénétration de ceux, qui m'ont fait cette difficulté. Un inftant de réflexion fur l'imprudence de la démarche que fait Thémistocle, en se retirant chez l'ennemi mortel de la Grece qui pouvoit si aisément se prévaloir & des chagrins & des talens de son prisonnier, eut fait sentir sans peine, que jamais faute ne fut plus heureusement dans l'espéce que demande le Théatre, pour faire d'un Héros un coupable, sans en faire un criminel. Milieu aussi difficile à rencontrer, qu'à tenir. Qu'on y prenne garde, presque toutes les piéces passent à une des deux extrêmitez opposées, la vertu sans défaut, & le crime sans vertu. Le Héros y est toûjours ou entierement innocent, ou entierement criminel: ou il n'y fait point de fautes, ou il y fait des crimes : *OEdipe*, par exemple, & *Pompée*, sans parler de bien d'autres, ne font que malheureux : *Athalie* n'est que criminelle. Thémistocle ici est imprudent au degré nécessaire pour faire une véritable faute. Aussi se la reproche-t-il à la fin du quatriéme Acte, où sa situation, suite naturelle de son imprudence, le met dans le point de vûë qu'il faut, pour la reconnoître.

> *Voilà, voilà le coup, qu'en secret combattu,*
> *Mon cœur, dans ses retours, craignoit pour ma vertu.*

V. Je voudrois pouvoir répondre aussi solidement au juste reproche qu'on pourra me faire, de m'être trop hâté d'imprimer. La perfection de détail & l'élegance soutenuë font l'ouvrage du loisir. Tant qu'on se souvient encore trop qu'on est Auteur, on ne sçauroit être son lecteur desintéressé. Cependant ce n'est que quand on en est venu à ce point, qu'on peut sentir ses fautes. On a beau dire que dans tous les Arts il y a un terme, par de-là lequel on n'avance plus: Cela est vrai, quand on s'est habitué à son ouvrage, & qu'à force de l'avoir sans interruption sous les yeux, on le voit, pour ainſi dire, ſans le voir. Mais quand on ſe donne le tems de perdre de vûë des idées trop familiéres, on peut penſer à nouveau frais, & partir du degré, où l'on s'étoit comme fixé, pour aller bien au-de-là. L'eſprit a des reſſources, pourveu que vous le laiſſiez reſpirer. L'appliquer ſans diſcon-tinuation à la même choſe, c'eſt le forcer à ſe deſapli-quer.

Je ſens la vérité de ces réflexions, & je les aurois très-volontiers miſes en pratique. Je ne me ſuis ja-mais ſçû mauvais gré de n'avoir pas imprimé, & je me ſuis repenti de l'avoir fait. Mais aujourd'hui je me vois entraîné par les circonſtances. Le ſort d'une de mes Tragédies m'y engage malgré moi : je n'ai garde de la revendiquer : l'état où l'on l'a miſe m'ôte le droit, ou du moins l'envie, de l'avoüer. On l'a preſ-que auſſi changée pour le fond & pour la verſifica-tion que pour le titre. Et elle a trop coûté de ſoins aux mains qui l'ont dénaturée, pour leur en diſputer la proprieté. D'ailleurs quand elle ſeroit pour moi moins méconnoiſſable, je ne fais pas aſſez de cas de la gloire poëtique, pour l'acheter en jettant dans l'embarras qui que ce ſoit ; eh, y a-t'il quelque autre gloire que celle des bonnes mœurs ? Je ne me ſerois pas même permis le peu que je viens d'en dire, ſi on ne m'avoit accuſé de m'être entendu avec ceux qui m'ont ſi fort déguiſé. Quelques lettres ano-nimes remplies d'injures, (ſtile de ces ſortes de lettres) & que j'ai encore entre les mains, m'obli-gent à me diſculper de cette accuſation : quoique peut-être on ne ſoit redevable d'aucun égard à ces écrivains ténébreux, qui vrais aſſaſſins du Parnaſſe, viennent l'épigramme à la main, attaquer en lâches un Auteur, qu'ils voïent & qui ne les voit point.

Je donne donc cette Tragédie de Thémiſtocle, telle que je l'ai faite ; il n'y aura de fautes que les miennes : c'eſt bien aſſez ſans doute & trop même, pour ne pas le laiſſer dire à d'autres, avant moi. Mais enfin nous ſommes ainſi faits, ſinon pour nôtre bien, du moins pour nôtre repos, que nous ne voulons pas à nos fautes tout le mal, que nous voulons à celles d'autrui. Comme ces premieres ſont nôtre ouvrage, elles ſe ſentent de nôtre indulgence.

Je finis ces réflexions par une analyſe ſinguliére de Thémiſtocle ; Analyſe, à laquelle j'ai crû devoir mettre comme à l'épreuve la conduite de mon action dramatique. C'en eſt là comme la pierre de touche. Je dois cette nouvelle méthode à un Auteur, dont le mérite en garantiroit la ſolidité & l'excellence, ſi d'elle-même elle ne menoit au vrai par la voye la plus ſure & la plus courte.

1°. L'arrivée de Thémiſtocle à Suze produit ſa reconnoiſſance avec Miltiade.

2°. Sa reconnoiſſance avec Miltiade produit celle de Xerxés & de Thémiſtocle.

3°. La reconnoiſſance de Xerxés & de Thémiſtocle produit pour Thémiſtocle le péril de ſa vie.

4°. Le péril de ſa vie produit le péril pour ſa vertu.

5°. Le péril pour ſa vertu produit la réſolution du Héros ; & la réſolution produit la cataſtrophe.

Horat.   *Primo ne medium, medio ne diſcrepet imum.*

F I N.

A Lyon, de l'Imprimerie de PIERRE BRUYSET.

PRIVILEGE DU ROY.

née, és mains de nôtre très-cher & feal Chevalier Garde des Sceaux
de France, le Sieur Chauvelin, & qu'il en sera ensuite remis deux
Exemplaires dans nôtre Bibliotheque publique, un dans nôtre Châ-
teau du Louvre, & un dans celle de nôtre très-cher & feal Chevalier
Garde des Sceaux de France, le Sieur Chauvelin; le tout à peine de
nullité des Presentes; du contenu desquelles vous mandons & enjoi-
gnons de faire joüir l'Exposant ou ses ayans cause, pleinement & paisi-
blement, sans souffrir qu'il leur soit fait aucun trouble ou empêche-
mens; Voulons que la copie desdites Presentes qui sera imprimée tout
au long au commencement ou à la fin dudit Livre, soit tenu pour
duëment signifiée, & qu'aux copies collationnées par l'un de nos Amez
& Feaux Conseillers & Secretaires, foy soit ajoûtée comme à l'Ori-
ginal; Commandons au premier nôtre Huissier ou Sergent de faire
pour l'execution d'icelles tous Actes requis & necessaires, sans demander autre permission, & nonobstant Clameur de Haro, Charte Nor-
mande, & Lettres à ce contraires; Car tel est nôtre plaisir. Donné à
Paris le vingt-quatriéme jour du mois de Mars, l'an de grace 1729.
& de nôtre Regne la quatorziéme. Par le Roy en son Conseil.

SAMSON.

Registré sur le Registre VII. de la Chambre Royale & Syndi-
cale de la Librairie & Imprimerie de Paris No. 331. fol. 278.
conformément au Reg'ement de 1723. qui fait défenses Art. IV.
à toutes personnes de quelque qualité qu'elles soient autres que
les Imprimeurs & Libraires, de vendre, debiter & faire afficher,
aucuns Livres pour les vendre en leurs noms, soit qu'ils s'en di-
sent les Auteurs ou autrement, & à la charge de fournir les
Exemplaires prescrits par l'Article CVIII. du même Réglement;
A Paris le 1. Avril 1729.

J. B. COIGNARD, Syndic.

ERRATA.

Page 4. lig. derniere, Xercés, lisés, Xerxés, & par tout de même.
p. 5. lig. 6. aventure, lis. avanture.
p. 13. vers 4. vanger, lis. venger.
p. 14. vers 8. genoux, lis. genou.
p. 45. vers 13. atend lis. attend.
p. 92. lig. 10. salies, lis. failies.
p. 96. lig. 11. par, lis. pas.

9 782019 256883